VU À LA TÉLÉ

ISBN : 9782374538198
Toulouse, novembre 2020

Couverture : Anne-Eléonor OLIVIER
(montage photos by shutterstocks)
Maquette : Ameline RENAULT

JOHN WAYNE COMUNALE

VU À LA TÉLÉ

Traduction de JEAN-YVES COTTÉ

les Éditions du 38

1

Artie observa la femme devant lui poser ses articles sur le comptoir, et il s'efforça, s'efforça vraiment, de la boucler. Cela faisait six minutes qu'il attendait derrière elle chez Bloomwalls, examinant ce qui se trouvait dans le petit panier en plastique rouge qui se balançait à sa main crochue tachetée de brun. La peau ridée de ses doigts pendouillait tels des scrotums miniatures, sauf là où elle s'étirait sur des articulations de la taille d'une balle de golf, enflées par des années d'arthrite.

Ce sac à viande gélatineux avait tant bien que mal défié les lois de la physique en réussissant à glisser deux bagues à ses doigts noueux. Il y avait assez de diamants assemblés dans ces babioles tape-à-l'œil pour solder les prêts étudiants d'Artie, mais, bien sûr, cela faisait bien longtemps qu'il avait cessé de les rembourser. La vieille chouette revêche déposa son dernier article sur le comptoir, et Artie fut alors incapable de retenir sa langue.

— Le nouveau modèle vaut vraiment la peine, lâcha-t-il. Je veux dire, le premier était bien, mais cette fois ils se sont réellement surpassés.

Il parlait, bien entendu, du *Bâton de récurage avec manche télescopique Frottastic* qu'elle avait posé sur le comptoir. Il portait une étiquette qu'Artie connaissait très bien, intimement même. Elle ornait de nombreux articles qu'il avait chez lui et arborait les quatre mots [VU À LA TÉLÉ], quintessence de la langue française.

La caissière, qui s'appelait Donna, connaissait bien le « goût » d'Artie pour ces produits, mais elle ne fournit aucune explication à la vieille bique au nez d'oiseau sur ce à quoi il faisait allusion. Donna n'était pas la sympathie faite femme et, par moments, elle était bel et bien ce que son ex-mari qualifiait de « salope de première ». Si elle tolérait Artie, c'était uniquement parce qu'elle pensait qu'il souffrait d'un handicap mental ou d'une forme de syndrome post-traumatique, voire des deux.

Évidemment il n'en était rien, mais il arrivait souvent que les gens ne sachent pas quoi penser à son sujet et supputent tout un tas de choses. Artie aimait bien que sa façon d'être puisse être perçue comme désarmante ou pénible, selon à qui on s'adressait et à quel moment.

Contrairement à Donna, la vieille dame embijoutée devant Artie ne connaissait pas son penchant pour cette fameuse gamme de produits. Comme elle tournait le dos à Artie, elle jeta un rapide demi-coup d'œil par-dessus son épaule, les lèvres pincées comme à son habitude, mais sans le reconnaître. Elle lança à Donna un regard qui disait *C'est qui ce type ?*

Si Donna ne se préoccupait guère de savoir si la vieille dame trouvait Artie pénible, c'était uniquement parce qu'elle se fichait de tout ce qui se rapportait à son travail, clients compris. Pour elle, vous n'étiez que quelques tic-tac sur la pendule qui la rapprochaient de l'heure de débaucher. Donna présentait un visage impassible, un regard vide, passant machinalement les articles sur un petit morceau de verre à même le comptoir pour les scanner. Elle aurait tout aussi bien pu être un robot. La vieille dame ouvrit son sac, enfonça à l'intérieur sa main aux doigts en forme de scrotum, et attendit le montant.

Artie considérait qu'il se comportait en général de façon acceptable, et il était assez lucide pour savoir que ses bizarreries pouvaient mettre la patience des gens à rude épreuve, mais la grossièreté lui était intolérable. Aucune raison ne pouvait la justifier ; se montrer grossier ne servait jamais à rien, quelle que soit la situation. Artie faisait tout son possible pour être poli avec tout le monde, qu'il connaisse ou non les gens. Cette femme ne connaissait Artie ni d'Ève ni d'Adam, pourtant elle le jugeait indigne d'échanger ne serait-ce que quelques mots.

Plongé dans ses réflexions, il ne se rendit pas compte que son tour était venu. Donna laissa échapper un soupir plus long que nécessaire avant de crier son nom pour le sortir de son hébétement. Artie leva les yeux à temps pour voir que la vieille dame s'apprêtait à franchir la porte automatique, et il l'interpella :

— Je sais que vous allez l'adorer, dit-il en souriant. Il m'a tellement plu que j'ai dû en acheter un autre.

Artie brandit la boîte qu'il tenait. C'était le même *Bâton de récurage avec manche télescopique Frottastic* [VU À LA TÉLÉ] que celui que la vieille dame venait d'acheter.

Elle s'arrêta devant la porte, avant tout surprise, mais aussi perplexe. Son visage de cataplasme desséché changea aussitôt pour exprimer l'ennui tandis qu'elle sortait en maugréant, sans cesser de hocher la tête en traversant le parking. Contrairement à Artie, Donna ne s'aperçut de rien, pas plus que les gens qui faisaient la queue derrière lui.

Ce fut à peine perceptible, mais ce genre de choses n'échappait jamais à son regard scrutateur.

C'était la peur.

En l'espace de l'infime instant qui sépara la surprise de la colère, Artie avait vu la peur s'inscrire sur le visage de la vieille dame.

— Artie, nom de Dieu, dit Donna en tapotant ses longs ongles d'un abominable violet glacé sur le comptoir. Y a du monde qui attend derrière vous.

Artie prit le temps de savourer encore un peu le plaisir que la peur de la femme lui avait procuré avant de se retourner pour faire face aux gens qui attendaient derrière lui. Il leva les mains comme en signe de reddition et étira la bouche en un sourire implorant.

— Je suis navré, dit-il en secouant la tête. Vraiment navré, Donna.

Il déposa ses articles sur le comptoir, prit le panier de

la main de la femme qui le suivait et le posa également sur le comptoir.

— Pour me faire pardonner, je vais payer aussi ses achats, dit Artie sans se départir de son sourire.

— Oh non, dit la femme, qui était plus jeune qu'Artie et tenait un bambin par la main. Ce n'est vraiment pas grave. Vous n'avez pas à faire ça.

— Madame, je suis désolé, mais je me dois d'insister.

Artie vida le panier de la dame sur le comptoir pour que Donna puisse en scanner le contenu.

— Je me sentirais affreusement mal pour le reste de la semaine si je ne le faisais pas. Je vous assure que ça me fait plaisir.

La femme acquiesça et rougit jusqu'aux oreilles tandis qu'elle le remerciait. Son mari ne lui avait pas parlé aussi poliment depuis des années, et elle avait oublié l'effet que cela faisait.

Une fois le paiement effectué, Artie dit au revoir à Donna et à la femme, puis sortit sur le parking juste à temps pour voir une Buick d'un marron merdeux s'engager dans la rue. Derrière le volant se trouvait la vieille bique impolie.

2

Pour la quatrième fois en moins d'une heure, Artie passa sa *Brosse rotative Ouragan* sur le carrelage en céramique noir de la salle de bains. Il en avait déjà retiré et nettoyé par deux fois les poils « faciles à enlever » avec le tuyau d'arrosage dans le jardin et s'apprêtait à la refaire au moins une troisième fois, histoire d'être pleinement satisfait.

Il avait refait sa salle de bains en noir, y compris le lavabo, la baignoire et les toilettes, parce que cette couleur masquait mieux le sang. Le carrelage blanc d'origine était trop poreux et, malgré les efforts déployés par Artie, avait viré au rose en moins d'un mois. Il avait donc opté pour le noir. Le noir permettait de dissimuler la saleté, ou du moins la rendait-il moins visible, mais Artie ne s'en appliquait pas moins à astiquer.

Comment aurait-il pu faire autrement avec tant d'excellents produits de nettoyage à sa disposition grâce aux braves gens de [VU À LA TÉLÉ] ? Quand il serait satisfait de son sol, il passerait aux murs et à la baignoire. La *Brosse à récurer rotative télescopique Ouragan* [VU À LA TÉLÉ] d'Artie était posée contre le mur, à côté du *Bâton de récurage avec manche télescopique Frottastic* qu'il avait acheté un peu plus tôt le jour même. Par terre gisait la boîte sacrément abîmée du *Bâton de récurage avec manche télescopique* qu'avait acheté la vieille aux doigts en forme de scrotum. Artie ne l'avait pas encore ouverte, et il espérait que le produit n'avait pas été endommagé.

À l'aide de ces trois accessoires de nettoyage, il avait réussi à astiquer le sol de la salle de bains, la baignoire et les murs, mais il n'en allait pas de même pour la petite éclaboussure dans le coin du plafond. Artie s'était déjà mis en colère et avait piqué une crise à ce sujet, aussi était-il inutile d'y revenir.

Ce n'était qu'une autre de ces petites expériences d'apprentissage qui survenaient de temps à autre, même si elles étaient moins fréquentes ces derniers temps. Jusqu'ici Artie croyait avoir tiré toutes les leçons nécessaires, mais il était suffisamment modeste pour reconnaître que l'expérience en cours lui était profitable.

Il était convaincu que seul l'un ou l'autre des produits Frottastic en sa possession parviendrait à faire que cette tache ne soit plus visible. Le sang avait déjà pénétré les trous microscopiques du placoplatre, par lesquels il s'était mêlé au matériau de telle manière qu'il était désormais impossible de le faire totalement disparaître. Artie réfléchissait déjà à la façon de découper la petite partie en question pour la réparer sans que cela se voie. Il trouverait la solution, comme toujours, mais pour l'instant il lui fallait se concentrer sur la tâche à accomplir.

Les brosses ronronnaient en silence, une qualité qu'il appréciait, et ce bruissement agissait comme un générateur de bruit blanc qui apaisait Artie. Cela l'aidait à se recentrer, à réfléchir. Nettoyer avait toujours été une expérience cathartique, maintenant plus que jamais, et il se demandait parfois s'il ne commençait pas à préférer nettoyer que tuer, mais c'était illusoire. Il ne pouvait avoir l'un sans l'autre et, curieusement l'un comme l'autre en tant qu'acte isolé serait moins satisfaisant.

Artie appuya sur l'interrupteur pour arrêter l'appareil et le posa contre le mur près des deux autres. Il lui faudrait nettoyer les brosses encore une fois, comme prévu, mais il décida de s'attaquer à la baignoire et aux murs avant de repasser un coup par terre. Il ferma la bonde et remplit la baignoire de quelques centimètres d'eau chaude – l'eau se troubla et rougit tandis qu'elle se mélangeait aux éclaboussures de sang.

Sous le lavabo, Artie rangeait divers produits, dont la plupart servaient à remplir les réservoirs des différents appareils de nettoyage. Il devait en garder quelques autres à portée de main au cas où il aurait beaucoup à faire, comme c'était le cas aujourd'hui. Il sortit de derrière une bouteille d'un gallon[1] d'eau de Javel et en versa la moitié dans la baignoire. Artie prit la brosse Frottastic la plus proche, vérifia le réservoir pour s'assurer qu'il était

1. 1 gallon = 3,8 litres.

rempli de la solution de nettoyage exclusive brevetée, et se mit à frotter les murs de la douche, en trempant de temps à autre les poils dans l'eau de Javel.

Pendant qu'il frottait, il se rappela l'époque où il devait nettoyer ce genre de choses sans l'aide des produits [VU À LA TÉLÉ]. Il lui aurait fallu au moins trois fois plus de temps pour se débarrasser de taches comme celles qu'il était en train de nettoyer, et même alors le résultat n'aurait pas été aussi propre que celui qu'il obtenait désormais.

Le *Bâton de récurage Frottastic* était le premier des produits [VU À LA TÉLÉ] qu'il avait acheté chez Bloomwalls, mais c'était avant qu'il soit pourvu d'un manche télescopique. Artie l'avait utilisé pour nettoyer le sang qui s'était infiltré dans le parquet après le démembrement plutôt salissant et compliqué d'un scout qu'il avait attiré sur un campement. Artie en était tombé amoureux ce jour-là, et tout retour en arrière était inconcevable. C'était pour cette raison qu'il avait été excité à l'idée de parler à la vieille dame de celui qu'elle avait acheté, parce qu'il savait qu'elle allait l'adorer. Si seulement elle avait été assez aimable pour échanger quelques mots avec lui, elle serait chez elle à l'heure qu'il est, goûtant aux joies de son bâton de récurage tout autant qu'Artie jouissait du sien.

Rétrospectivement, il était ravi qu'elle l'ait snobé, car elle avait ainsi décidé à sa place. Soit il allait s'occuper d'elle, soit de la mère et de l'enfant qui se trouvaient derrière lui dans la queue. De plus, c'était toujours plus facile de se consacrer à une seule personne, même si l'autre n'était qu'un enfant. Ils avaient tendance à glisser de ses mains maculées de sang et à finir par causer plus de problèmes qu'ils n'en valaient la peine.

*

Artie n'eut aucun mal à enlever la vieille dame et à la ramener chez lui. Il rattrapa aisément la Buick marron, la suivit de loin, puis roula au ralenti quand elle s'engagea dans une allée. Quand la vieille dame descendit de voiture et ouvrit le coffre pour récupérer ses sacs, Artie passa à l'action.

Il tourna dans l'allée derrière elle, donna un léger coup de klaxon et lui fit un signe de la main par la vitre ouverte côté conducteur de sa Ford Tempo noire. C'était le genre de voiture que la plupart des gens considéraient comme une « vieille bagnole », mais Artie se préoccupait davantage d'avoir un véhicule qui passe inaperçu plutôt qu'une voiture qui ne pourrait que se détacher du lot.

— Excusez-moi, madame, dit Artie en souriant alors qu'il descendait de voiture. C'est moi, le type derrière vous dans la queue chez Bloomwalls tout à l'heure. Je vous ai parlé du *Bâton de récurage avec manche télescopique Frottastic*, vous vous rappelez ?

La vieille dame parut décontenancée tandis qu'elle regardait l'article en question qu'elle serrait dans sa main. Artie ferma sa portière et s'approcha d'elle, une main dans le dos pour cacher la matraque qu'il tenait. La matraque était une arme désuète dont on n'entend guère parler en temps normal, mais c'était pour cette raison qu'il l'aimait tant. Cela lui donnait l'impression d'être original en essayant de remettre à la mode une arme qui avait été en vogue au dix-neuvième siècle.

Il laissa à la vieille dame le temps de répondre pendant qu'il réduisait l'écart qui les séparait, mais elle resta bouche cousue et lui lança un regard noir alors qu'il s'approchait.

— Je suis content d'avoir pu vous suivre car vous avez laissé tomber ça quand vous êtes sortie du magasin. Je voulais m'assurer de vous le rendre.

— Qu'est-ce que c'est ? dit-elle en baissant la garde.

— Ça.

Artie fit un pas en avant et la frappa à la tête avec le gros morceau de plomb gainé de cuir.

Il s'était suffisamment servi de cette arme d'antan pour savoir précisément avec quelle force l'asséner pour neutraliser sans tuer. Le choc et le désarroi de la vieille dame laissèrent bientôt place à la tristesse quand elle comprit ce qui lui arrivait. De telles expressions étaient autant de trésors pour Artie, et il s'endormait souvent en se repassant un diaporama d'images similaires qu'il gardait en mémoire. Les genoux de la vieille dame se dérobèrent et elle tomba à la renverse dans le coffre de la voiture. Artie glissa son bras derrière son dos pour l'accompagner dans sa chute.

Il lui prit les jambes, les balança à l'intérieur, claqua le capot du coffre et jeta un coup d'œil alentour pour voir s'il y avait des témoins. Il avait déjà examiné les environs en remontant l'allée, mais deux précautions valaient mieux qu'une. Il glissa la matraque dans sa poche arrière, posa les mains sur le coffre fermé, et inspira profondément, prenant le temps de profiter de l'instant.

La partie délicate était terminée et Artie pouvait désormais travailler à son propre rythme, savourant chaque étape au fur et à mesure. Il remonta le long de la voiture de la vieille dame côté conducteur, passa la main à travers la vitre ouverte et appuya sur le bouton d'un appareil fixé au pare-soleil. La porte du garage s'ouvrit lentement, une chaîne rouillée faisant remonter d'un coup sec la vieille porte en bois jusqu'au plafond.

Artie comprit au bruit de l'ensemble que la chaîne n'en avait plus pour longtemps, non que la vieille bique ait à s'en préoccuper désormais. Il grimpa dans la Buick et tourna la clé de contact, le moteur démarra très à propos presque sans bruit. Artie détestait avoir à fouiller les sacs des vieilles dames parce qu'il en sortait généralement deux ou trois poignées de mouchoirs en papier usagés et de caramels fondus avant de trouver les clés, et ce s'il avait de la chance.

Il rangea la voiture dans le garage, coupa le moteur et laissa la clé où il l'avait trouvée. Il regagna sans se presser sa Tempo noire, recula, fit demi-tour, remonta l'allée en marche arrière, et approcha son pare-chocs le plus près possible de la Buick. Quand les voitures se touchèrent presque, Artie ouvrit son coffre, descendit, puis fit le tour pour aller ouvrir le coffre de la Buick.

Il transféra la vieille dame dans son coffre en se penchant sur elle et en la faisant rouler par-dessus les pare-chocs. Artie claqua simultanément les deux coffres, déplaça sa voiture dans l'allée, et baissa manuellement la porte du garage. Il reviendrait dans la soirée pour allumer un petit feu « accidentel », pas avant plusieurs heures donc. Il remplirait ces heures en « s'occupant » de la vieille dame, et ensuite il nettoierait pour réfléchir et se vider la tête.

*

Artie trempa le *Bâton de récurage Frottastic* dans l'eau de Javel ensanglantée pour le passer encore une fois sur les murs carrelés autour de la baignoire avant de l'échanger contre la *Brosse télescopique Ouragan* pour apporter la touche finale. Demain, il dormirait la majeure partie de la journée, ce qui était habituel après un meurtre ; le surlendemain étant un mercredi, il se lèverait de bon matin. C'était le jour où les derniers produits [VU À LA TÉLÉ] étaient mis en rayon chez Bloomwalls, et il prévoyait de s'y rendre dès l'ouverture.

3

Artie se réveilla en sursaut de son sommeil post-meurtre et jura l'avoir de nouveau entendu. Il n'était pas sûr de savoir ce qu'il entendait, ni s'il entendait réellement quelque chose. Que ce soit dans sa tête ou non, la fréquence à laquelle il l'entendait augmentait.

Le plus étrange était que, chaque fois qu'il l'avait entendu – ou cru l'entendre –, il avait été incapable de le définir. C'était un son net et discordant, mais quand il le tirait de son sommeil tout souvenir précis se perdait en cours de route. Il avait beau essayer de le retenir, ce souvenir s'effaçait dès qu'il reprenait pleinement conscience. Il commençait à s'en inquiéter, mais n'avait pas encore cédé à la panique.

Il était plus que probable qu'il s'agisse de quelque chose d'aussi anodin que le chuintement d'un détecteur de fumée à court de piles. Pas exactement ça, mais quelque chose de ressemblant. Artie était convaincu qu'il trouverait ce que c'était, et le plus tôt possible, puisque cela se produisait de plus en plus souvent.

En regardant la pendule sur la table de nuit Artie s'aperçut qu'il était deux heures plus tôt que l'heure à laquelle il se levait d'habitude, mais de nouvelles pensées avaient déjà commencé à bouillonner lentement dans sa tête. Elles se mirent à tourbillonner comme des glaçons dans un shaker, jusqu'à en devenir lisses et brillantes. Dehors il faisait encore nuit, mais Artie n'allait pas se rendormir.

Il s'extirpa de la chaleur et du confort du cocon duveteux dont il s'était enveloppé depuis plus de dix heures, enfila ses pantoufles, et marcha sur le parquet parfaitement poli, au lustre impeccable. C'était, bien sûr, grâce au *Balai pulvérisateur Shiwala*, un autre de ses produits [VU À LA TÉLÉ] préférés. Au départ, il n'avait jamais réussi à obtenir que ses sols soient aussi brillants que dans l'infopublicité, puis il avait trouvé la formule magique des proportions exactes pour mélanger la cire et le produit nettoyant livrés avec l'appareil.

Le mode d'emploi n'indiquait ni ne suggérait comment mélanger les produits chimiques, mais Artie découvrit que c'était le cas pour beaucoup de ses produits [VU À LA TÉLÉ]. Ils ne pouvaient pas aller jusqu'à dire comment obtenir *exactement* les mêmes résultats que ceux montrés dans les publicités, autrement tout le monde pourrait y arriver. Artie appréciait tout particulièrement cet aspect « clandestin » de la société, qui selon lui ajoutait une dose supplémentaire de mystère aux produits. Bien entendu, le mode d'emploi vous aidait à commencer mais, pour découvrir tout le potentiel de chaque produit, il fallait creuser sous la surface.

Chaque fois le processus exigeait de formuler des hypothèses et de faire une certaine quantité d'essais et d'erreurs, mais, en ce qui concernait Artie, la récompense en valait la peine. Seuls les consommateurs véritablement passionnés, comme lui-même, étaient en mesure de lire entre les lignes pour trouver ces choses-là. Pour lui, c'était une source de fierté.

Artie était complètement nu, exception faite de ses pantoufles. Il s'entraperçut dans le miroir en pied près de l'entrée de la cuisine. Son apparence physique était également pour lui une source de fierté, une fierté qui frisait l'obsession, il en avait conscience. Il n'avait jamais été particulièrement en surpoids, mais il avait souffert de problèmes d'image depuis son enfance.

En grandissant, Artie avait été légèrement dodu, mais pas au point que les autres gosses l'embêtent ou le traitent de gros. Ses amis et camarades de classe ne s'intéressaient même pas à son poids. Ils ne prêtaient aucune attention à la petite bedaine qui rendait ses jeans Bugle Boy de plus en plus difficiles à boutonner après chaque passage au sèche-linge, mais Artie n'y était pas indifférent.

Il ne pouvait pas s'empêcher d'observer attentivement le corps de ses pairs, en souhaitant leur ressembler davantage. Les garçons avec lesquels Artie jouait au baseball le week-end étaient minces et sans protubérances molles au-dessus de la taille, contrairement à lui. Certains d'entre eux voyaient même leur tonus musculaire naissant commencer à poindre, ce qu'Artie leur enviait le plus. Quand il faisait très chaud, la plupart des garçons jouaient torse nu, mais Artie gardait son maillot, préférant souffrir de la chaleur et transpirer à grosses gouttes.

À une époque de la vie où l'on n'était pas censé se préoccuper d'autre chose que de rentrer dîner quand les réverbères s'allumaient, Artie s'inquiétait de son apparence physique et souffrait de dysmorphophobie, une angoisse irraisonnée qui n'avait cessé de le poursuivre. Il essayait de manger le moins possible en sautant les repas à l'école et en gardant pour lui l'argent de la cantine. Il se levait très tôt certains week-ends, sortait sans un bruit et faisait autant de fois que possible le tour du pâté de maisons en courant avant que ses amis ne soient levés pour lui poser des questions ou le juger.

Artie cachait à ses parents ce qu'il ressentait car il avait honte non seulement de son physique, mais aussi de ses diverses tentatives de modeler son corps. C'est ainsi qu'il avait commencé à réprimer les sentiments qu'il associait à la honte et à la faiblesse. Il se haïssait d'être ainsi. Il ne voulait pas refouler toutes ces émotions, mais il était incapable de communiquer véritablement avec ses parents.

Au début de la saison de baseball junior, Artie avait alors dix ans, tous les parents durent amener leurs enfants au centre VFW[2] pour être affectés à une équipe et

2. La *Veterans of Foreign Wars* (VFW), est une organisation officielle des vétérans de l'armée américaine.

prendre leur uniforme. Son père attendit dans la voiture pendant qu'Artie entrait à l'intérieur avec d'autres garçons et faisait la queue. Une dizaine de minutes plus tard, Artie regagna la voiture en serrant son uniforme contre sa poitrine et en s'efforçant de ravaler ses larmes.

Il ne dit pas un mot, mais son père comprit à la rougeur de ses joues qu'il était contrarié. Quand son il lui demanda ce qui n'allait pas, Artie ne répondit pas, conscient que s'il essayait de parler il ne pourrait s'empêcher de fondre en larmes. Son père insista, demandant encore ce qui n'allait pas. Artie fut incapable de se retenir davantage et les larmes se mirent à couler tandis qu'il tentait de s'expliquer.

Tout en sanglotant, il dit à son père que le responsable de la distribution des uniformes lui avait demandé sa taille de maillot, ce à quoi il avait répondu large. Il avait espéré du médium, mais il n'en était pas encore tout à fait là. Le responsable avait toisé Artie et dit :

— Je crois que tu ferais mieux de prendre un extra-large, mon grand.

Artie avait voulu protester, mais n'avait pu le faire car sa gorge s'était nouée avant que l'homme ait terminé sa phrase.

Son père s'était mis en colère, non contre le responsable de la distribution des uniformes, mais contre son fils à cause de sa réaction. Pendant le reste du trajet jusqu'à la maison, il lui avait reproché d'être trop sensible et avait ajouté qu'il lui fallait s'endurcir s'il ne voulait pas devenir un raté. Ses larmes cessèrent quand ils s'engagèrent dans leur rue, et à partir de ce moment-là le jeune Artie refoula définitivement ses sentiments. Il ne les partagerait plus avec qui que ce soit et cesserait de s'infliger pareille torture.

Quelques années plus tard, au moment de la puberté, son métabolisme changea et il grandit de soixante centimètres, ce qui lui permit de perdre son ventre et de faire disparaître les poignées d'amour qu'il avait depuis l'âge de six ans. Il ne céda pas à la joie de voir la nature lui donner enfin ce qu'il avait toujours voulu, car il savait que ce n'était que temporaire. Même durant sa prime adolescence, Artie ne perdit jamais de vue les efforts qu'il lui faudrait fournir toute sa vie pour conserver ce corps tant désiré.

Il ne se laissa jamais emporter par la vague de l'insouciance qui vous submerge à l'adolescence, un autre aspect de l'enfance qu'il décida volontairement d'ignorer. L'insouciance conduisait à trop se dévoiler, ce qui était la dernière chose qu'il voulait.

Suite à la conversation avec son père le jour de la remise de son uniforme, et à de nombreuses autres conservations semblables, Artie ne montra aux autres que ce qu'il voulut bien leur dévoiler. Il devint plutôt bon pour lire les gens et deviner ce qu'à son avis ils attendaient de savoir à son sujet.

Artie excellait à maintenir à distance les gens qu'il connaissait. Il ne leur permettait jamais de devenir trop intimes, et par conséquent personne n'était jamais en mesure de déblatérer à son sujet. Ce que personne ne faisait d'ailleurs, car les gens appréciaient le peu qu'ils savaient de lui. Artie s'en assurait. S'il devait donner sa carte de visite quand il rencontrait quelqu'un, il se présentait en tant que « connaissance professionnelle », parce qu'il n'était rien d'autre.

Les gens qui connaissaient Artie ne le connaissaient pas vraiment, ce qui était précisément le but recherché. C'était un numéro d'équilibriste qu'il avait passé sa vie à perfectionner mais qui en valait la peine, puisque la seule chose que l'on pouvait dire de lui était : « Artie ? Oui, je le connais. Un chic type. »

C'était l'avis de tous ceux qui connaissaient ou, plutôt, *croyaient* connaître, Artie, « chic » étant l'unique adjectif qu'on utilisait pour le qualifier. Il avait également conscience que lorsqu'on découvre que quelqu'un a commis un crime affreux il y a toujours une ou deux connaissances pour dire aux infos que l'accusé était un « chic type ». Ce ne serait pourtant pas son cas, car il ne se ferait jamais prendre. Il conserverait sa réputation de « chic type » jusqu'à sa mort.

Artie apprécia ce qu'il vit en jetant un rapide coup d'œil à son reflet tandis qu'il poursuivait son chemin vers la cuisine. Son ventre n'était pas plat, mais ferme et dessiné pour mettre en valeur son tonus musculaire. Artie n'aimait pas les abdominaux car, selon lui, ils étaient synonymes d'hyper-masculinité. Il travaillait les muscles de son abdomen pour être musclé, pas pour frimer.

La lumière de la cuisine s'alluma automatiquement quand il franchit le seuil et que son pied toucha le carrelage. Artie avait remplacé le carrelage initial par le même carrelage noir que celui de la salle de bains. Il travaillait de temps à autre dans la cuisine, mais c'était un tel merdier à nettoyer que ça n'en valait pas vraiment la peine.

Artie avait arraché l'ancien carrelage bon marché et traité la dalle de ciment au-dessous avec un mélange d'acide et d'eau de Javel qu'il avait mis au point par hasard au cours de l'une de ses nombreuses expérimentations des produits de nettoyage. Il avait trouvé ce mélange particulièrement efficace pour venir à bout de la couche supérieure de n'importe quelle surface, y compris le béton – une découverte utile.

Il n'avait pas amené la vieille dame dans la cuisine la veille au soir, aussi le carrelage étincelait-il toujours de cet éclat digne d'un magasin d'exposition qu'Artie s'évertuait à obtenir. Pour ce faire, il utilisait le *Balai nettoyeur-propulseur avec double brosse rotative* [VU À LA TÉLÉ]. Artie laissait tremper toute une nuit chaque brosse dans un mélange de *Super solution éclat salle de bains* et de *Mon gel de nettoyage secret extra propre et frais*, deux éléments essentiels des produits de nettoyage expérimentaux et improvisés d'Artie. Un des placards du couloir était dédié aux seules boîtes de ces deux produits.

Artie retira la carafe an acier inoxydable de la base de sa *Cafetière programmable à moulin intégré New-Age*. La machine était programmée pour se mettre en marche quand une application sur son téléphone portable détectait qu'il s'était réveillé. Elle ne fonctionnait en gros qu'une fois sur trois, et il se trouvait que cette fois-ci était la bonne. Artie avait la nette impression que cette cafetière était une vraie merde, mais il était résolu à ne pas s'en séparer, du moins tant que la garantie n'avait pas expiré. Même si elle n'était pas un produit estampillé [VU À LA TÉLÉ] à proprement parler, c'était tout comme, aussi Artie se sentait-il tenu de l'utiliser.

Il n'avait pas exclu la possibilité que la mauvaise qualité soit intentionnelle et que le véritable potentiel de la machine soit prisonnier de la gaine en acier inoxydable à l'intérieur des rouages et du câblage, telle une énigme. Une énigme que l'entreprise s'attendait à ce qu'il résolve s'il tenait à ce que sa cafetière fonctionne de manière optimale, un peu comme il avait fait pour trouver les proportions exactes du mélange des produits chimiques.

Comme il s'était levé plus tôt que prévu, Artie décida d'occuper ce temps supplémentaire à boire du café et à faire de l'exercice dans son *Centre de remise en forme Santé-Plus* [VU À LA TÉLÉ] qu'il avait aménagé dans son garage.

Il n'avait pas l'intention de s'habiller pour s'entraîner, et il sirota son café dans son mug plein à ras bord tout en se dirigeant nonchalamment en pantoufles vers la porte du garage. C'est alors qu'il l'entendit. Il entendit le son qu'il entendait en rêve depuis des semaines, sauf qu'à présent il était éveillé. Il n'eut pas le moindre doute. C'était bien ça.

Au moment où il commençait à croire que ce son était peut-être le fruit de son imagination, Artie l'entendit de nouveau, fort, net et distinct. Il venait de quelque part sur la droite. Artie se tourna pour voir ce que c'était, mais il fut incapable de déterminer *ce* qu'il voyait.

En appui contre le bas de la fenêtre du salon, il y avait quelque chose qui ressemblait à une citrouille sur le point de fondre à l'intérieur de sa propre écorce pourrie. Artie fit un pas en avant pour ne plus être ébloui par le reflet dans la vitre et vit qu'il s'agissait en fait d'une tête humaine. Un visage gras, couvert d'acné, sous des cheveux bouclés. Ses lèvres épaisses remuèrent comme deux limaces bien grasses dans une flaque de graisse. Artie entendit de nouveau le son et, cette fois, il vit d'où il provenait. Le son s'échappait des lèvres de ce visage hideux.

4

Artie se moquait d'être nu. Il voulait savoir à quoi était rattaché ce visage écrasé contre la vitre, et pourquoi l'ensemble émettait un tel son.

L'idée traversa son esprit qu'il était fort possible qu'il ne soit pas vraiment conscient. Il n'avait jusqu'à présent jamais entendu ce son-là quand il était réveillé, alors pourquoi en irait-il autrement cette fois ? Maintenant qu'il y pensait, la situation présentait toutes les caractéristiques d'un rêve.

Artie était nu, après tout, et le visage paraissait assez déformé pour sortir tout droit d'un cauchemar. Artie attendait que sa mère s'avance, dépoitraillée et la tête à l'envers, pour lui remettre le diplôme de son bac. De plus, il ne pouvait pas bouger. On aurait dit que le fait d'avoir les yeux rivés sur l'individu qui regardait par la fenêtre lui avait d'une façon ou d'une autre cloué les pieds au sol.

Les lèvres humides et épaisses se contractèrent de nouveau en parfaite synchronisation avec le son. Artie tressaillit, renversant son mug de café tiède par terre, entre ses pieds. Quand les gouttelettes de café éclaboussèrent sa cheville, il se rendit compte qu'il n'était pas véritablement cloué au sol, et alors qu'il avait cru être en train de rêver, il savait à présent que ce n'était pas vrai. Artie ne poursuivait plus le son dans un tunnel entre veille et sommeil.

Il pouvait affirmer que ça ressemblait à une combinaison de trois sons équilibrés les uns par rapport aux autres de manière à produire un résultat hors du commun. On aurait dit que l'affreux visage collé à la vitre se raclait la gorge tout en étouffant une toux grasse doublée d'un éternuement plus gras encore. C'était répugnant.

Artie se précipita à la fenêtre en trois longues enjambées. Il tenait encore le mug à moitié vide dans une main et tendit l'autre vers la vitre. Le visage recula au moment même où les doigts d'Artie touchèrent le carreau, laissant derrière lui un dépôt graisseux et translucide en guise de carte de visite. Artie ouvrit la fenêtre, conscient qu'il allait lui falloir appliquer plusieurs fois son *Nettoyant pour vitres Clair Cristal* pour lui restituer sa transparence initiale.

Artie n'avait pas réfléchi à ce qu'il allait faire une fois la fenêtre ouverte, aussi comme l'individu auquel appartenait le visage trébuchait en arrière, il lui jeta son café au visage puis, aussitôt après, son mug, pour faire bonne mesure. Le liquide tiède et amer éclaboussa le visage de l'inconnu une seconde avant que le mug ne percute son grand front légèrement incliné. Des doigts boudinés rattachés à des mains potelées couvrirent le visage pendant que le café tiédasse pétillait entre les lèvres humides et épaisses. Artie était furieux, mais il inspira profondément et se maîtrisa avant de faire quelque chose de trivial, comme hurler au visage de cet inconnu.

— Excusez-moi.

Artie s'éclaircit la gorge et se pencha par la fenêtre ouverte.

— Puis-je vous aider, ou vous regardez pour le plaisir de regarder ?

Artie n'était pas peu fier d'avoir posé sa question poliment tout en y glissant une plaisanterie. Une plaisanterie à laquelle l'individu plié en deux, la tête entre ses mains et gémissant, n'avait probablement pas prêté attention. Non qu'il ne l'eût appréciée, compte tenu des circonstances. Cependant, le fait qu'Artie soit nu rajoutait une allusion à ce trait d'esprit déjà lourd d'insinuations.

— Ma tête, gémit l'être étrange dont le visage était de nouveau pressé contre la fenêtre d'Artie. Ma tête, ma tête, ma tête, ma tête.

La patience d'Artie était une fois de plus mise à l'épreuve, mais il laissa le voyeur blessé finir de se plaindre d'avoir mal avant de lui adresser de nouveau la parole. Artie se mit à parler quand le seul son émis par l'individu fut une respiration laborieuse au bord du sanglot.

— J'espère que vous savez que vous méritez bien pire, commença Artie. Maintenant, dites-moi qui vous êtes, ce que vous faites, et depuis combien de temps vous faites ce… son avec votre bouche ?

Les doigts boudinés s'écartèrent du visage, que pour la première fois Artie put voir distinctement. À présent il ne faisait plus de doute que cet individu était un homme, mais son âge demeurait indéfinissable. À première vue il avait tout de l'adolescent lambda, boutonneux, joufflu et adepte de la veuve poignet, mais son corps était gonflé et mal proportionné. Il ne semblait pas avoir grandi, mais littéralement *gonflé*, comme si quelqu'un lui avait fourré un tuyau de compresseur d'air dans le fion, l'avait branché, puis s'était barré, le transformant en cet affreux rebut ressemblant au ballon de parade miniature qu'Artie avait sous les yeux.

— Je suis… Je suis votre voisin, bégaya l'inconnu en levant les yeux pour croiser le regard d'Artie.

— Ma voisine est Mme Lancaster, répondit Artie. Êtes-vous l'un de ses parents ou un truc du genre ?

— Non. J'habite le garage aménagé en appartement.

L'inconnu recommença à se frotter le front. Artie se tenait assez loin pour ne pas voir la colonie de boutons éclater tandis qu'il se frottait là où le mug de café l'avait frappé, mais assez près pour entendre. Une explosion étouffée retentissait chaque fois que la peau se tendait suffisamment autour d'un point blanc pour en évacuer la sécrétion visqueuse, faisant briller davantage encore sa tête au clair de lune.

— Je n'étais pas au courant qu'elle avait un locataire, dit Artie, avant tout pour entendre autre chose que le crépitement des minuscules lésions.

— Euhhhhnouo ? fit l'inconnu en haussant les épaules.

— Et pourquoi étiez-vous en train d'essayer une fois encore de passer votre tête par ma fenêtre ?

— Vous dormez beaucoup, répondit l'inconnu.

Artie recula devant cette remarque. Il s'était attendu à entendre une série d'excuses merdiques jaillir de ces bajoues bouffies et avait senti que lui aussi n'était pas en manque de reparties, mais ce n'était pas une réponse à laquelle il était préparé. Ce n'était même pas une réponse.

La mine d'Artie s'assombrit tandis qu'il prenait conscience qu'il n'avait peut-être pas affaire à un voyeur ordinaire. Il se déplaça de façon à pouvoir battre rapidement en retraite au cas où cet étrange homme-enfant déciderait de lancer une attaque surprise.

— Pourquoi regardez-vous par ma fenêtre ? demanda Artie d'un ton froid et sévère.

L'inconnu pinça les lèvres en une moue caricaturale et dévisagea Artie. Pour toute réponse, il renifla et grogna comme s'il respirait à travers une éponge humide. Il laissa retomber ses mains, serrant et desserrant les doigts encore et encore comme s'il n'arrivait pas à décider s'il voulait fermer les poings. Son expression changea légèrement pour refléter la colère qui grandissait en lui. Ses reniflements et ses grognements se transformèrent en halètements sonores avant d'épouser un rythme lent, régulier, hypnotique.

— Je vais vous reposer la question, dit Artie. Pourquoi…

Tout à coup l'inconnu se rua contre la fenêtre, poings serrés, hurlant comme un fou qui se précipiterait de son plein gré vers une mort certaine. Artie fut pris au dépourvu, mais son instinct et ses réflexes étaient bien trop affûtés pour le laisser sans réaction face à une telle attaque. S'il avait tué de façon malhabile les premières années, il était à présent capable d'anticiper et de parer ou de contrer presque toutes les attaques, celle-ci, bien sûr, ne faisant pas exception.

Au fil des ans, Artie avait appris à ménager ses forces au cours d'une confrontation et à utiliser son environnement à son avantage, aussi s'éloigna-t-il de la fenêtre et fit-il un écart sur le côté. Il s'attendait à ce que l'inconnu se précipite tête la première contre le mur de la maison, mais ce salaud à la tronche bouffie bondit assez haut pour voler littéralement à travers la fenêtre ouverte comme si Artie était un matador nu et sans cape. L'inconnu écarta les bras en une mauvaise imitation d'un Superman rondouillard, les mains ouvertes et prêtes à tordre le cou d'Artie.

Cette tentative de voler fut de courte durée, et le voyeur empâté plana juste assez loin pour franchir le rebord de la fenêtre avant de s'écraser bedaine la première sur le parquet. Le bruit de la chair molle et grasse claquant sur le sol résonna dans le salon à la décoration minimaliste et se répercuta dans la maison jusque-là silencieuse. Emporté par son élan l'inconnu atterrit sur le sol poli et glissant, laissant derrière lui une empreinte grasse et baveuse tel un escargot à taille humaine.

Il poursuivit sa glissade jusqu'à ce que sa tête heurte la cloison sèche, qui s'effondra sous l'impact en un craquement creux. Si le mur ne l'avait pas arrêté, il aurait facilement pu glisser encore sur un mètre cinquante voire deux mètres. Il s'ensuivit un moment de silence pendant lequel Artie décida de la façon de gérer le problème. Des gémissements de douleur s'échappèrent des lèvres humides et épaisses à donner la nausée de l'inconnu avant qu'Artie ne lui saute dessus.

Il lui tira la tête en arrière en saisissant une bonne poignée de ses cheveux gras et lui planta son genou gauche au milieu de la colonne vertébrale. Artie appuya fermement pour faire sortir l'air de ses poumons tout en lui maintenant le cou en arrière, l'empêchant ainsi de reprendre sa respiration. Il utilisait cette technique particulière pour immobiliser ses proies les plus fougueuses, et ses gestes étaient fluides et sûrs.

Alors, quelque chose clocha.

Trop huileux, les cheveux de l'intrus gras et boutonneux glissèrent lentement entre les doigts d'Artie. Il ajusta sa prise, permettant à l'inconnu d'inspirer un peu d'air, sans parvenir toutefois à s'y accrocher. On aurait dit que ce fils de pute avait été plongé dans une cuve d'huile de cuisson.

Artie laissa filer les répugnants cheveux gras et préféra appuyer sur la nuque de l'inconnu, collant sur le sol, bouche la première, le visage bouffi et monstrueux. Il garda son genou appuyé sur le dos de l'intrus et utilisa ses deux mains pour lui agripper les oreilles. Il lui releva la tête pour l'écraser sur le sol à plusieurs reprises et, même si les oreilles de l'inconnu étaient tout aussi visqueuses que ses cheveux, Artie maintint fermement sa prise en plantant ses ongles dans le cartilage charnu. Les oreilles étaient si déformées par la graisse qu'il avait l'impression de tenir deux escalopes de poulet crues, tièdes et caoutchouteuses. De plus, elles sécrétaient une substance plus épaisse que la graisse de ses cheveux et, alors qu'il les pressait, Artie eut l'impression de pressurer des éponges pour en faire sortir du tapioca.

Artie ne savait pas qui était cet individu ni comment la situation avait dégénéré à ce point, mais il excellait à penser vite et bien. L'inconnu interrompit la tentative de lutte qu'il avait esquissée, et ses gémissements diminuèrent en faibles halètements humides et laborieux. Artie lui libéra le dos, se leva, et eut un mouvement de recul quand il se rendit compte qu'il venait de presser sa bite et ses couilles nues contre un tee-shirt trempé de sueur et contre le lubrifiant industriel tenace que sécrétait l'inconnu. Artie maintint ses bras loin de son corps, désireux de s'essuyer sans se servir de ses mains nues. Frustré, il donna un coup de pied dans le flanc du gros bide de l'inconnu, faisant s'élever du point d'impact un nuage de ce mélange toxique.

Artie refusa de croire que quelques-unes de ces gouttelettes empoisonnées étaient entrées dans sa bouche partiellement ouverte, mais ses papilles gustatives lui affirmaient le contraire. Son cerveau ne pouvait s'en accommoder qu'en transformant cette odeur corporelle en saveur. L'infamie attaqua sa langue comme si des centaines d'aiguilles imprégnées d'encre la tatouaient, laissant des cicatrices d'un côté à l'autre.

Artie regarda la caricature d'homme rondouillarde et moite, et cracha avec fureur sur sa nuque, essayant de renvoyer le goût affreux là d'où il venait. Il cracha à s'en assécher totalement la bouche, et même alors il s'efforça encore de drainer de la salive de glandes taries.

Satisfait, Artie se dirigea vers la cuisine pour prendre un torchon et un verre d'eau pétillante de sa *Machine à soda maison Pétillez-Vous-Même*, mais quelque chose attira son attention et il s'arrêta. Les gargouillis confus émis par l'inconnu avaient cessé, plongeant Artie dans un silence complet pour la première fois depuis qu'il avait ouvert la fenêtre. Il regarda le corps pitoyable et grumeleux sur le sol devant lui et remarqua que ce n'était pas la seule chose qui avait cessé.

Le ventre de l'intrus ne se soulevait plus régulièrement, figé en position basse. Le gros lard avait cessé de respirer. Ce n'était pas exactement la façon dont Artie voulait que cela finisse, mais c'était ainsi et il lui fallait faire avec. Il s'agenouilla à côté de la tête de l'inconnu et s'empara une fois de plus de ses cheveux emmêlés et huileux pour pouvoir tourner et voir son visage.

C'est alors que la tête bougea. Plus précisément, elle sauta. Elle sauta directement dans la main d'Artie avant que celui-ci n'ait le temps de l'abaisser pour l'agripper.

Artie lâcha prise et recula, toujours agenouillé, mais la tête resta suspendue à un peu plus de deux centimètres du sol et se mit à tourner lentement. Tandis qu'elle tournait, Artie put mieux voir le visage, constatant ainsi les dégâts qu'il lui avait causés en l'écrasant par terre. Les deux yeux étaient pleins de sang et tuméfiés, alors que des gouttes informes de tissus meurtris jaillissaient tout autour.

Le nez était écrasé et s'étalait sur tout le centre du visage, lui-même mouillé et brillant du pus des boutons éclatés au cours de l'opération. Un épais liquide laiteux éclairci de sang coulait le long des joues bouffies telles de minuscules cascades roses en guise de carte de visite. Ce spectacle pouvait presque passer pour impressionnant, si on ne savait pas ce qu'on regardait.

Le pus des boutons serpentait entre les craquelures profondes des lèvres gorgées de sang, gonflées comme pour accentuer à dessein leur aspect caricatural. Artie jura avoir vu un léger tremblement parcourir ces lèvres en diagonale. Ce fut si subtil qu'il fut convaincu d'avoir rêvé, mais le tremblement se reproduisit, puis à nouveau jusqu'à ce que les lèvres se contractent convulsivement comme si elles avaient été traversées d'un courant électrique.

De petites fissures apparurent sur le tissu gonflé qui recouvrait la partie supérieure du visage et s'ouvrirent de part et d'autre, révélant les globes oculaires cachés dessous. Au même moment, les lèvres se déformèrent de la même façon que précédemment, et le son redouté jaillit aussitôt.

Artie tressaillit tandis que le son envahissait son esprit et creusait un sillon à l'intérieur de sa tête, tels des socs labourant un champ. Il vacilla sur ses genoux, perdit l'équilibre et tomba en arrière. Il jeta ses mains derrière lui, en espérant que quelque chose arrêterait sa chute, mais le sol avait disparu et rien ne l'empêcha de tomber.

L'alarme sur la table de nuit d'Artie bêla comme un agneau qu'on mène à l'abattoir, et il ouvrit les yeux.

5

Artie resta au lit et laissa l'alarme de son réveil sonner pendant encore une demi-heure. Il était vaseux, désorienté et pas complètement sûr de ce qui était réel ou non. Il tendit le bras et effleura le haut de son *Compagnon de sommeil Dors-Bien* [VU À LA TÉLÉ], un réveil multifonction ingénieusement complété d'un appareil à bruit blanc et d'un analyseur de sommeil. Il se releva lentement pour se mettre en position assise et se massa l'arête du nez entre le pouce et l'index. Quand il ferma les yeux, il vit le visage de l'inconnu, ou plus exactement ses lèvres plutôt que son visage à proprement parler.

Avait-il rêvé ? Il se posait la question pour la forme, sachant déjà qu'il n'y avait pas d'autre explication possible. Artie s'efforça de s'en rappeler certains détails, mais à peine lui revenaient-ils qu'ils se dissipaient aussitôt, un par un. La seule image qui s'imposait à lui était celle de ces lèvres semblables à deux escargots obèses débordant de leur coquille et essayant de se fondre l'un dans l'autre pour se tenir chaud.

Artie se rappela que c'étaient précisément ces lèvres qui avaient émis le son et, même s'il l'avait entendu plusieurs fois pendant son rêve, il n'en gardait aucun souvenir. Il avait une idée, ou du moins il pensait en avoir une, mais il avait beau s'efforcer de se concentrer il était incapable d'extraire du plus profond de son subconscient le moindre indice sonore permettant de le décrire.

Il se tourna et, toujours assis sur son lit, glissa les pieds dans ses pantoufles qui attendaient de les accueillir dans leur doublure en peau de mouton douce et chaude. Artie n'avait pas pour habitude de conserver des objets ayant appartenu à ses victimes. C'était trop risqué, et il ne comprenait pas que l'on puisse garder un « trophée » de chaque meurtre pour flatter son ego. Une telle attitude garantissait presque à coup sûr qu'on finisse par vous attraper et Artie ne voulait pas qu'on l'attrape.

Ces pantoufles étaient la seule exception qu'il se soit autorisée. Elles étaient neuves et emballées dans un sac en plastique quand il les avait trouvées bien des années plus tôt, enfouies sous d'autres objets divers et variés dans le coffre d'une de ses victimes. Elles allaient apparemment être offertes en cadeau et donc, avant de se débarrasser de la voiture, Artie avait décidé d'accepter de bonne grâce un tel présent de la part de la personne à laquelle elles étaient destinées. Il ne regrettait pas sa décision.

Quand il eut parcouru les trois mètres qui séparaient son lit de la salle de bains, Artie avait presque complètement oublié son rêve, et le temps qu'il se lave les dents avec sa *Brosse à dents électrique à trois vitesses Super-Éclat* il lui était totalement sorti de l'esprit. Il ne pensait plus qu'à aller chez Bloomwalls et n'était pas disposé à consacrer ses précieuses réflexions à interpréter son rêve.

Une fois habillé, un bip strident s'éleva de la cuisine, l'informant que la cafetière avait fini de préparer le café pile à l'heure, exactement comme il l'avait programmée. Il laça ses chaussures et se dirigea vers la cuisine pour se servir une tasse « pour la route » avant de partir.

Les soirs précédant la sortie des nouveaux produits [VU À LA TÉLÉ], Artie avait eu pour habitude de veiller tard afin de se renseigner sur tous les nouveaux modèles et leurs caractéristiques techniques. Mais, s'il connaissait déjà tout sur tout, il s'avérait qu'il se rendait tout simplement en voiture au magasin, prenait les articles, payait, et était de retour en moins de dix minutes. C'était une façon de faire efficace, certes, mais il avait vite compris qu'il adorait tout autant le rituel de la découverte que les produits eux-mêmes.

Désormais, il y allait à l'aveugle et passait des heures dans le rayon dédié à [VU À LA TÉLÉ], lisant attentivement la moindre ligne de texte sur chaque boîte tout en poussant de fortes exclamations pour lui seul comme « Incroyable » ou « C'est dingue » et, bien entendu, « C'est trop beau pour être vrai ». Les employés de Bloomwalls, en particulier Donna, redoutaient les visites d'Artie, mais, heureusement pour eux, ils ne laissaient jamais voir à quel point elles les dérangeaient.

Artie passa du couloir dans le salon et se figea. Ce n'était pas sa première sensation de déjà-vu, ou du moins de ce qu'il croyait être un déjà-vu, mais cette impression n'avait jamais encore été assez puissante pour l'arrêter sur sa lancée. Son équilibre vacilla l'espace d'un instant, quand l'image traversa son œil mental, et il s'appuya contre le mur pour se retenir de tomber.

Cette image, brève mais intense, ne lui avait laissé qu'une vague impression de ce qu'il avait vu, et elle s'était traduite par un sentiment de malaise familier. Il pensa se rappeler que son rêve avait quelque chose à voir avec le salon, mais, à part ça, il avait un trou.

Artie reprit ses esprits et laissa cette sinistre sensation s'effacer devant la tâche à accomplir. Il avait assez perdu de temps à s'attarder sur ce rêve absurde et se dépêcha de traverser le salon pour prendre son café dans la cuisine.

Il s'arrêta juste avant de poser le pied sur le carrelage noir de la cuisine, convaincu que ce qu'il venait d'entrevoir était un effet de la lumière qui se reflétait sur le sol par la fenêtre. Il éprouva néanmoins le besoin de se retourner pour regarder encore une fois, juste pour se rassurer et confirmer qu'il s'agissait bien d'une illusion d'optique. Il pensait avoir vu une bande de parquet qui, sur environ soixante centimètres de large et toute la longueur de la pièce, paraissait plus claire de part et d'autre du bois. Comme si elle avait été décolorée ou poncée.

Artie alla voir la bande en question, dos tourné à la fenêtre pour empêcher la lumière de se refléter. Grâce à son ombre projetée sur le sol, il put constater qu'il s'agissait bel et bien d'une illusion d'optique. Satisfait, il repartit vers la cuisine, mais s'arrêta de nouveau brusquement quand quelque chose attira son regard.

Sur le parquet, à quelques centimètres du mur qui lui faisait face, il vit quelque chose qu'il fut incapable d'identifier de l'endroit où il se trouvait. C'était petit, sombre, probablement rond et, quand il eut fait trois pas et se pencha au-dessus, il n'eut plus le moindre doute.

C'était du sang.

Une petite goutte de sang séché, parfaitement ronde, de la taille d'une pièce de dix cents maculait le parquet par ailleurs impeccable. Artie regarda fixement la tache, s'efforçant de trouver un sens à sa présence. La chaleur lui monta au visage avant de devenir brûlante et que des gouttelettes de transpiration s'écrasent sur le sol, tout autour du sang.

6

Artie descendit Sycamore Street à toute allure, grilla le stop et accéléra dans le virage de Bradley Boulevard. Il avait perdu bien trop de temps à contempler son parquet, passant en revue ses faits et gestes depuis la veille au soir, s'efforçant de comprendre comment il était possible qu'une goutte de sang se soit frayé un chemin jusqu'à son salon.

Il était toujours particulièrement soigneux et ne laissait rien au hasard, surtout dans sa propre maison où il régnait en maître. À l'exception de la cuisine de temps à autre, le sang de ses victimes était cantonné à deux pièces de la maison : d'abord la salle de bains, qu'il briquait de fond en comble, la laissant d'une propreté impeccable après chaque meurtre ; ensuite une chambre d'appoint à l'extrémité du couloir qu'il surnommait malicieusement « le plancher d'abattage ». C'est dans cette dernière qu'Artie réalisait la majeure partie de son meilleur travail.

Il veillait à ce que pas une goutte de sang ou de tout autre fluide corporel ne sorte de ces deux pièces. Il avait même des paniers dédiés, garnis de sacs en plastique industriels très résistants, semblables à ceux qu'on utilise sur les chantiers pour y mettre les plus petits morceaux de débris. Leur épaisseur était de six millimètres, contrairement aux deux millimètres habituels, et ils étaient spécialement conçus pour être non poreux afin d'empêcher même les plus petites particules de poussières de s'en échapper, au cas où on s'en servirait pour mettre de l'amiante, de l'isolant en fibre de verre ou quoi que ce soit pouvant être considéré comme dangereux.

Cela signifiait qu'ils empêchaient aussi les fluides – le sang, par exemple – de s'écouler, et ils étaient si résistants que cela évitait que quelque chose comme une planche cassée ou l'extrémité déchiquetée d'un fémur cassé net puisse les percer. C'était l'un des très rares articles non estampillés [VU À LA TÉLÉ] dont se servait Artie, mais nécessité faisait loi.

La gouttelette parfaitement ronde de ce sang mystérieux contrariait Artie, qui faisait néanmoins son possible pour essayer de ne plus y penser en se concentrant sur l'achat des nouveaux produits [VU À LA TÉLÉ], raison pour laquelle il dépassait la limite de vitesse de plus de trente kilomètres-heure.

Le sang avait presque fini de sécher et avait pris une teinte d'un cramoisi si profond qu'il en était presque noir. Pas tout à fait noir toutefois, mais presque, ce qui était le plus déconcertant pour Artie. Il n'avait pas suivi de formation officielle, mais il avait assez d'expériences

« pratiques » pour savoir une ou deux choses sur le sang. Quand Artie l'avait remarquée sur son parquet, la goutte avait atteint une phase spécifique de séchage qui signifiait qu'elle avait été très probablement déposée là entre trois et quatre heures avant qu'il la remarque.

Artie s'attendait à ce qu'un souvenir oublié de la nuit précédente émerge brusquement de son subconscient pour expliquer précisément comment ce sang était arrivé là. En attendant que la mémoire lui revienne, il avait laissé la goutte intacte sur le parquet pour l'examiner plus en détail à son retour.

Il vira pour entrer sur le parking de Bloomwalls en effleurant à peine les freins, et l'arrière de la Ford Tempo vieille de dix ans zigzagua sur les plaques de gravier de l'asphalte, par ailleurs lisse. Artie se servit du volant pour contrebalancer la force centrifuge et redresser la voiture tout en la dirigeant vers une place de parking, freina à mort et dérapa avant de s'immobiliser entre deux lignes blanches. Il était énervé, ce qui de fait lui changeait les idées bien plus qu'il ne l'aurait voulu.

Il agrippa la poignée de la portière, marqua un temps d'arrêt pour respirer un grand coup, et reprit ses esprits encore une fois. Il lui fallait se rappeler de ne pas s'appesantir sur ce qu'il ne pouvait maîtriser, ce qui relevait quasiment de l'impossible en raison de son besoin de tout contrôler – besoin avec lequel il avait dû composer toute sa vie, mais qu'il avait également développé et renforcé.

Une fois rentré chez lui, il aurait tout le temps de comprendre comment et pourquoi il y avait du sang dans le salon, et de découvrir probablement une réponse d'une telle évidence qu'il se sentirait ridicule de ne pas y avoir pensé plus tôt. L'idée de cette issue hypothétique suffit à lui remonter le moral, un baume au cœur bien nécessaire tant il était déconcerté. Artie ouvrit la portière et sortit de la voiture, affichant un grand sourire tandis qu'il se dirigeait tout droit vers l'entrée.

La porte automatique s'ouvrit presque trop lentement, mais il se glissa en crabe par l'étroite ouverture, sans ralentir l'allure. Le magasin était calme, comme il l'était généralement le matin, et même s'il n'était ouvert que depuis un quart d'heure, Artie eut l'impression qu'il avait plusieurs heures de retard. D'habitude, il était le premier à franchir la porte les jours de la sortie des articles [VU À LA TÉLÉ], et il s'arrêtait même pour prendre un café pour Donna, café qu'il lui tendait quand elle ouvrait la porte et le laissait entrer.

Elle acceptait toujours le café, sans jamais le remercier. Au début, Artie jugea ce comportement extrêmement grossier, et Donna se retrouva en haut de sa liste pendant quelques semaines, jusqu'à ce qu'il comprenne que c'était sa façon d'être. Après être venu plusieurs jours d'affilée chez Bloomwalls tôt le matin pour observer la routine de Donna et trouver l'heure la plus appropriée pour s'adresser à elle, il avait remarqué qu'elle ne communiquait qu'en grognant et en hochant la tête au moins jusqu'à onze heures. Comme elle ne se comportait pas ainsi uniquement avec lui, il avait renoncé à toute hostilité à son égard, mettant son attitude sur le compte de sa personnalité exclusivement glaciale.

Artie passa en vitesse devant le comptoir où Donna était appuyée contre la caisse enregistreuse en train de feuilleter un magazine de mode. Elle ne leva pas les yeux ni ne fit attention à lui, mais elle n'aurait pas agi autrement avec quelqu'un d'autre, aussi ne s'en offensa-t-il pas.

— Bonjour Donna, claironna-t-il en s'efforçant d'avoir l'air joyeux sans laisser percer sa frustration.

Elle ne répondit pas, comme il s'y était attendu, et il poursuivit son chemin jusqu'à son rayon avec l'impression que ses pieds ne semblaient pas en mesure de le faire avancer assez vite. Artie remarqua plusieurs vieilles dames du quartier – les cheveux-bleus, comme il les surnommait – dans les allées devant lesquelles il passa. Elles ne faisaient rien d'autre que d'arpenter un rayon après l'autre en traînant les pieds et en poussant un caddie dans lequel elles déposaient un article, parfois deux à la fois. Elles ressemblaient à des échalas animatroniques circulant sur un circuit qui les maintenait à jamais dans la routine. Cela agaçait Artie que les cheveux-bleus aient pénétré dans le magasin avant lui, mais son irritation disparut quand il atteignit son rayon. L'odeur le frappa en premier. Le parfum unique que dégageaient les nouveaux produits [VU À LA TÉLÉ] quand on les mettait en rayon était enivrant.

Certains pourraient attribuer cette odeur à un « dégagement gazeux », c'est-à-dire à la dispersion des produits chimiques entrant dans la production de ces articles, mais Artie ne voyait pas les choses ainsi. Il respirait la magie cachée conférée à chacun des produits mis sur le marché par l'entreprise. Il humait le secret propre à chaque article qui, attendant d'être percé, le défiait pour être découvert. Il marqua un temps d'arrêt à l'entrée du rayon pour respirer à fond plusieurs fois. Sa tête vacillait sous l'excès d'endorphines sécrété par son cerveau, un des effets induits de l'odeur.

Il tendit la main vers le rayonnage le plus proche pour se retenir de tomber tandis que l'euphorie refluait à un niveau lui permettant de redevenir opérationnel. Il inspira, retint son souffle un moment, puis ferma les yeux. L'agacement qu'il éprouvait de ne pouvoir se détacher de son rêve, doublé de l'angoisse d'avoir à s'occuper de la goutte de sang dans son salon, se dissipa aussitôt, permettant à son esprit de se concentrer uniquement sur la tâche à accomplir.

Quand il rouvrit les yeux, il se trouva face à face avec l'une des cheveux-bleus qui arpentait le magasin. La vieille dame avait arrêté son caddie à moins de dix centimètres d'Artie et se tenait derrière, le fusillant du regard tout en agrippant la barre avec toute la véhémence d'un capitaine luttant pour garder son bateau à flot au cœur d'un typhon. Ses articulations gonflées étaient plus blanches que blanches à cause de la peau fine et flétrie épousant ses os arthritiques. Artie ne détourna pas les yeux et sourit pour la désarmer.

— Excusez-moi. Je suis vraiment navré. Je suppose que je me suis laissé aller à rêver quelques secondes. Je vous prie de m'excuser.

Artie dit cela d'une voix aussi doucereuse que la saccharine proposée deux rayons plus loin, parmi la quantité excessive de bonbons que l'on associe avec tout ce qui se rapporte aux vacances à venir. Il s'effaça et fit un signe exagéré de la main, engageant la vieille dame à passer. Elle se contenta de répondre en laissant échapper un grognement à travers ses lèvres moustachues de pisse-vinaigre et passa devant lui en traînant les pieds et en marmonnant quelque chose sur les drogués et la syphilis.

Malgré cette attitude pour le moins rebutante, Artie demeura impassible. Il était déjà en retard et ne voulait plus perdre davantage de temps, pressé de se délecter de la présence de tous ces nouveaux produits destinés à lui faciliter la vie.

Il se retourna vers le côté droit du rayon, le seul digne de retenir toute son attention. L'autre côté présentait un choix succinct de fournitures de bureau, de stylos, de feutres et de piles pour tous les usages, de la montre à la lampe de poche.

Les premiers articles exposés à l'entrée du rayon étaient les invendus de la collection précédente. L'extrémité opposée de l'allée était organisée de la même façon pour faire de la place aux modèles flambant neufs, tout juste sortis d'usine, des génies derrière [VU À LA TÉLÉ]. Le centre du rayon était grandement convoité et réservé uniquement aux tout nouveaux articles.

Artie prit son temps pour examiner les articles sortis le mois précédent, même s'il les avait achetés dès leur mise en vente trente jours plus tôt. Néanmoins, il cherchait toujours quelque chose qu'il aurait pu rater. Il ne pourrait jamais se pardonner d'avoir malencontreusement manqué un produit dont la fabrication ait été arrêtée. Cela l'aidait également à faire croître son excitation, et il prenait le temps de savourer cette sensation. Artie n'était pas un amant égoïste et admettait le profond sentiment d'attraction-répulsion qui s'exprimait ainsi. Il résistait tout autant qu'il était attiré. Quand il arriva au centre du rayon, il s'arrêta devant chacun des nouveaux produits, prenant chaque boîte pour lire la moindre information qui s'y trouvait. Artie ne laissait pas son regard s'égarer plus avant sur le rayonnage afin de conserver le mystère de ce qui allait suivre, ce qui lui permettait chaque fois d'être agréablement surpris.

L'effet de surprise joua à plein pour les deux premiers articles qu'il découvrit, mais il ne tarda pas à s'émousser pour devenir pour le moins déplaisant. Le premier article qu'Artie examina était *Le thermostat à pop-corn sans fil Pulsair*, qui d'après la boîte permettait d'obtenir un maïs parfaitement soufflé en utilisant uniquement de l'air chaud, tout en contrôlant le thermostat en fonction des instructions préprogrammées. Artie se demanda pourquoi tant de produits comportaient une machine à pop-corn intégrée, mais il savait qu'à [VU À LA TÉLÉ], il y avait des gens dont le travail était d'en connaître précisément la raison, ce qui lui suffisait amplement.

Le second article exposé était *L'espaceur pour étagères Spacer* (avec fixation *Machine à pop-corn Pulsair* en option). D'après ce qu'Artie en savait, l'appareil avait été tout d'abord conçu pour créer de l'espace dans les armoires à linge, notamment pour ranger les draps. La boîte affirmait que l'article utilisait un dispositif de pliage automatique, breveté et révolutionnaire qui permettait de réduire de cinquante pour cent la taille des draps pliés. Artie n'avait que deux paires de draps, mais il n'en voyait pas moins l'intérêt de posséder un tel produit.

Artie avança d'un pas dans le rayon mais, au lieu se trouver face à un nouveau produit, il vit un trou. Du coin de l'œil il voyait le produit suivant sur le rayonnage mais, avant celui-ci et après *L'espaceur pour étagères*, il y avait… eh bien, il avait un espace. Une étiquette attachée au rayonnage en dessous de ce vide témoignait qu'il y avait bien eu quelque chose là et que ce quelque chose coûtait vingt-neuf dollars et vingt-cinq cents.

Artie s'approcha de l'étiquette pour pouvoir lire, sous le prix, la courte description du produit. Il était écrit :

Dégraissant pour cheveux gras, fer à lisser et machine à pop-corn [VU À LA TÉLÉ].

7

Donna n'avait été d'aucune aide, ce qui n'était en rien inhabituel, Artie n'avait donc aucune raison d'être aussi contrarié. De fait il était passablement irrité, mais il ne voulait pas que Donna s'aperçoive de l'intensité de l'émotion qu'il éprouvait. Non qu'il courût le moindre risque que Donna ne s'intéresse à autre chose qu'à la sortie hebdomadaire du dernier numéro du magazine de mode le plus banal.

Artie essaya de lui soutirer le plus d'informations possible sur la personne qui était arrivée au magasin avant lui et de se procurer l'inventaire exhaustif du nouveau produit absent du rayonnage. Tout d'abord, tout en feuilletant le magazine en papier glacé posé devant elle sur le comptoir, Donna affirma ne pas savoir de quoi il parlait.

Elle n'avait pas pris la peine de lever les yeux suffisamment longtemps pour croiser le regard d'Artie pendant qu'il lui avait posé la question, ce qui était déconcertant, mais il ne s'en formalisa pas sur le coup. Il y avait trop d'inconnues qui le tracassaient pour s'offenser de l'attitude bourrue et impassible de la caissière.

— Vous étiez là le premier comme toujours, Artie, dit Donna tout en parcourant des yeux les conseils sur la façon de s'habiller cette année à l'heure de l'apéritif. J'ai ouvert la porte et vous ai laissé entrer moi-même, vous vous rappelez ? Vous m'avez donné un café.

Donna indiqua l'endroit près de la caisse où la tasse de café qu'Artie lui apportait habituellement aurait dû se trouver, mais il n'y avait rien.

— Je crois que vous vous trompez, Donna, répondit Artie en faisant de son mieux pour éviter de laisser transparaître son anxiété croissante. Je n'étais pas le premier aujourd'hui. Je… J'ai eu une panne d'oreiller et j'étais en retard.

Donna tendit le bras pour attraper la tasse de café qui n'était pas là sans lever les yeux de son magazine, et sa main se referma sur du vide. Elle l'ouvrit et la referma encore trois fois avant de finir par lever les yeux, manifestement perplexe et agacée.

— Où est passé mon café ? Vous l'avez déplacé ou quoi ?

Donna regarda autour de la caisse, sous le comptoir, derrière elle sur le présentoir à cigarettes, et vérifia même sous son magazine comme si quelque chose pouvait être caché là.

— Donna, écoutez, dit Artie en posant les mains sur le comptoir et se penchant sur elle, vous confondez avec le mois dernier quand je suis entré et vous ai apporté votre café. Je n'étais pas le premier arrivé aujourd'hui, mais j'ai besoin que vous me disiez qui est entré avant moi et a acheté la totalité des *Dégraissant pour cheveux gras, fer à lisser et machine à pop-corn* [VU À LA TÉLÉ] !

Artie s'était efforcé de ne pas hausser le ton, mais il ne put s'empêcher de crier la fin de sa phrase. Donna plissa puis fronça le nez, lui imprimant un mouvement de va-et-vient, laissant échapper un profond soupir tandis qu'elle examinait Artie de haut en bas.

— Je suppose que vous n'étiez pas le premier aujourd'hui.

Donna hocha la tête, confirmant ce qu'elle venait de dire, puis se replongea dans son magazine. Artie n'avait jamais rencontré quelqu'un d'aussi imperturbable et désinvolte que Donna, et il en fut jaloux. Il marqua une pause le temps de leur laisser à tous deux le temps de souffler pour essayer de reprendre une conversation apaisée.

— Vous souviendriez-vous par hasard de la personne qui est arrivée tôt et qui, peut-être, a fait de gros achats ? Qui a peut-être acheté plusieurs articles identiques ?

Artie parlait d'un ton détendu et bon enfant, s'efforçant désormais d'avoir l'air le plus nonchalant possible. Au lieu d'apparaître comme un fou désespéré exigeant qu'on lui réponde, il donnait désormais l'impression d'avoir une conversation décontractée avec une vieille amie.

— Maintenant que j'y pense, dit Donna en levant enfin la tête. Il y a cette vieille dame qui est venue plus tôt et a acheté quelques bricoles.

— Ah bon ? Savez-vous qui c'est, ou… je veux dire est-ce que c'est une habituée ?

— C'est possible, ah… Donna s'arrêta net, portant son attention sur quelque chose par-dessus l'épaule d'Artie. Oh, peu importe. Elle est juste là.

Artie se retourna et vit la vieille dame qu'il avait croisée un peu plus tôt dans le rayon. Elle regarda Artie les yeux remplis d'une haine sauvage et lui fit un doigt d'honneur avant de disparaître. Quand il se retourna de nouveau, Donna avait replongé le nez dans son magazine.

— Vous rappelez-vous si quelqu'un d'autre est venu ? Quelqu'un d'autre que moi ou que cette vieille dame ?

— Peut-être, répondit-elle en s'humectant le doigt avant de tourner la page. Peut-être… Je ne suis pas sûre de pou…

— Excusez-moi, jeune homme, dit une voix sur la gauche d'Artie. Allez-vous discuter comme ça toute la journée ?

Artie se tourna et découvrit que l'une des cheveux-bleus faisait à présent la queue derrière lui. Quand il fit un pas en arrière, il vit qu'il y en avait trois autres derrière elle. La seule qui manquait à l'appel était la vipère qui venait de lui faire un doigt d'honneur.

— Vous m'en voyez navré, commença Artie. J'avais besoin de quelques rens…

— Désolée, Artie, l'interrompit Donna en mettant son magazine de côté. J'ai des clientes. Je vous aiderai plus tard à retrouver ce que vous avez perdu.

— Mais je n'ai rien perdu ! J'ai besoin de savoir qui…

La cheveux-bleus passa devant lui avant qu'il n'ait eu le temps d'achever et le repoussa de son opulent postérieur. Artie renonça momentanément à interroger Donna et retourna au rayon [VU À LA TÉLÉ] pour y jeter de nouveau un œil.

8

Artie quitta Bloomwalls plus frustré que jamais et rentra chez lui. Il lui revenait par instants des flashes du rêve bizarre de la nuit précédente et, même si ce dont il se rappelait n'avait aucun sens, il ne pouvait s'empêcher d'y penser. Artie avait une étrange impression qu'il espérait enfouir sous une avalanche rationnelle. Il refusait d'y croire sans pouvoir s'empêcher de ressasser l'idée que tout était lié : le rêve, la goutte de sang sur son parquet et le produit manquant. C'était insensé et ça ne lui ressemblait pas de croire à une chose pareille, mais le fait qu'il en cultive l'idée le tracassait.

Artie décida qu'il lui fallait réinitialiser sa journée, un peu comme il avait essayé un peu plus tôt de réinitialiser son interaction avec Donna. Dès l'instant où il avait ouvert les yeux ce matin-là, il avait été entraîné dans un chaos irréfrénable. Le rêve avait laissé sa conscience imprégnée de résidus tel un bébé visqueux à peine sorti de l'utérus et, malgré tous ses efforts pour s'en nettoyer mentalement, quelques reliquats humides et poisseux demeuraient.

Artie avait été déstabilisé par le rêve couplé avec la goutte de sang, mais le trou dans le rayon chez Bloomwalls l'avait presque assommé. L'un après l'autre, ces trois incidents le frappaient tour à tour comme autant de coups de poing assenés par un boxeur. Artie se sentait tomber à la renverse et espérait que les cordes dans son dos suffiraient à le maintenir debout.

Les boîtes de tous les nouveaux produits [VU À LA TÉLÉ] étaient entassées sur la banquette arrière, à l'exception de l'article manquant. Il en avait acheté certains en deux exemplaires, anticipant les endroits de sa maison où il aurait le plus besoin de les utiliser, d'autant qu'on ne savait jamais d'où le thermostat devrait être contrôlé. De plus, il lui faudrait en démonter certains pour en découvrir l'utilisation secrète, et ce faisant il en détériorait généralement quelques-uns.

Dans le coffre de sa voiture gisait le corps inconscient d'un jeune mendiant qui ces quatre derniers jours avait traîné dans le quartier avec une pancarte sur laquelle il était écrit : *Besoin d'argent pour de la beuh et de la bière. Les enfants sont notre avenir. Dieu vous bénisse.* L'humour du panneau n'avait pas échappé à Artie. Il appréciait le sentiment qu'il exprimait et respectait quiconque était capable de rire au nez de ces temps difficiles, mais ces quatre derniers jours ce jeune homme et sa pancarte l'avaient importuné.

Artie lui-même avait joué de malchance à certaines périodes de sa vie, aussi comprenait-il à quel point la vie d'un individu peut basculer du jour au lendemain. La première fois où il avait vu ce jeune homme, Artie s'était souvenu d'une époque où il avait été à un poil de se tenir à un carrefour très fréquenté avec une pancarte et une tasse. Ce fut l'unique fois dans sa vie où il vola ses victimes, et ce pendant un temps très court, jusqu'à ce qu'il soit en mesure de remonter la pente.

Artie ne voyait pas l'intérêt de voler et, très franchement, trouvait que c'était indigne de lui. Les voleurs dérobent des choses dont ils s'empressent de se débarrasser pour se faire de l'argent qu'ils dépensent ensuite le plus vite possible. Ils ne prennent pas le temps de savourer leur méfait. Ils ne retirent aucune satisfaction autre que celle d'une brève poussée d'adrénaline, et ce n'est même pas aussi intense que l'impression que cela donne au cinéma.

Quand Artie tuait, il ressentait quelque chose. Il retirait une satisfaction de ce qu'il faisait, mais cela s'accompagnait de quelque chose de plus. Une énergie intangible qu'il emmagasinait et dont il se nourrissait, s'efforçant chaque fois de la faire durer un peu plus longtemps. Les voleurs ne ressentaient pas de telles choses parce qu'ils étaient opportunistes et superficiels. En outre, c'était très grossier de voler quelqu'un.

Artie assimilait le jeune homme à la pancarte à un voleur parce qu'il était très certainement valide, et que le fait de mendier relevait d'un choix et non d'un dernier recours. Il était plus que vraisemblablement dans une sorte d'opposition du genre « Vous n'avez pas à me donner d'ordres, vous allez voir » avec ses parents, des gens tout à fait raisonnables et bien intentionnés, et sa rébellion de la semaine était de faire la manche, non pour avoir de l'argent pour vivre, mais pour picoler et se droguer.

Le jeune homme brandissait sa pauvreté fictive telle une arme dans un braquage, ce qui fonctionnait à merveille avec un certain type de personnes sensibles à ce genre de chose. Exploiter la gentillesse était une forme d'inconvenance qu'Artie ne pouvait tolérer, aussi décida-t-il de s'occuper du gamin. Il abaissa sa vitre et lui demanda s'il voulait monter et fumer un joint avant de partir à la recherche d'une fête.

Le jeune homme n'hésita pas à monter, trop excité et désinvolte pour sentir le danger, et quand ils tournèrent au coin de la rue, son front vint heurter le tableau de bord sous la force de la matraque frappant l'arrière de son crâne. Désorienté, l'aspirant clochard sombra sur son siège tandis qu'il perdait conscience de ce qui l'entourait, comme s'il était ligoté dans un sac. Artie s'était garé un pâté de maisons plus loin, derrière un magasin de pneus fermé, puis il avait transporté le corps inconscient dans le coffre.

Il ne se considérait pas comme un samaritain, pas plus qu'il ne pensait rendre service à quiconque en éliminant de la société un nigaud fainéant qui se croyait tout permis. Sa motivation pour tuer était toujours égoïste et personnelle. Les justifications qu'il avançait étaient semblables à des poids minuscules qui équilibraient la balance de sa santé mentale.

Artie accéléra en tournant dans sa rue, l'esprit oscillant entre la pensée de tuer le jeune homme dans le coffre et celle d'essayer les nouveaux produits [VU À LA TÉLÉ] éparpillés sur la banquette arrière. Il lui faudrait tout d'abord s'occuper de ce mendiant paresseux, bien sûr, alors son esprit et son corps seraient complètement apaisés et équilibrés. Il retirerait même davantage de plaisir en expérimentant ses nouveaux jouets, malgré le fait indéniable qu'il lui en manquait un pour compléter sa nouvelle collection.

Même si ce ne serait pas facile, Artie pouvait attendre que Bloomwalls se réapprovisionne pour se procurer l'article manquant, toutefois il n'abandonnait pas l'idée de cuisiner Donna tous les jours pour glaner plus d'informations sur l'identité du mystérieux client. Il était incapable de se débarrasser du sentiment d'angoisse qui s'était emparé de lui depuis son réveil et il avait hâte de se consoler en tuant le jeune homme dans son coffre.

Artie ralentit en approchant de chez lui et tourna paresseusement à droite dans son allée. Il remarqua quelque chose sur sa gauche tandis que les pneus avant franchissaient en douceur le seuil de la rampe parfaitement lisse qu'il avait lui-même minutieusement aménagée. Il jeta un coup d'œil et vit que ce quelque chose était quelqu'un, et que ce quelqu'un arrosait les plantes en pot devant le garage converti en appartement de Mme Lancaster.

À cette distance, Artie avait du mal à savoir s'il s'agissait d'un homme ou d'une femme, notamment à cause du corps bulbeux et gonflé de l'individu en question. En s'approchant, il vit qu'il s'agissait d'un homme, malgré son physique atypique. Ses joues étaient démesurées, et son visage entièrement recouvert d'acné. De la sueur se mêlait à la graisse qui suintait de tous ses pores, lui donnant un aspect luisant qui scintillait littéralement sous le soleil de midi.

Les cheveux de l'inconnu présentaient également une singularité. Ce n'était pas la tignasse graisseuse qu'on s'attendait à voir compte tenu de son visage mais, de fait, c'était tout le contraire. De la grosse tête de l'inconnu, une chevelure noire lui tombait sur les épaules en une ligne d'une raideur agressive, brillant de l'éclat soyeux d'un shampoing de spot publicitaire. Les cheveux étaient en bonne santé, propres et, n'hésitons pas à le dire, magnifiques, mais ils étaient si raides qu'ils paraissaient surnaturels. On aurait dit que la chevelure de l'inconnu provenait de la vallée de l'étrange[3], forçant le cerveau d'Artie à dire à ses yeux qu'ils déconnaient.

Les cheveux de l'inconnu bougeaient à peine, remuant légèrement tandis qu'il allait de plante en plante en inclinant un vieil arrosoir métallique vert au-dessus de chaque pot jusqu'à les arroser juste ce qu'il fallait. La chevelure paraissait trop réelle pour être fausse et trop ridicule pour être réelle, mais dans un cas comme dans l'autre, elle était fermement arrimée à sa tête.

L'ouverture automatique du garage s'amorça à l'approche d'Artie et, alors qu'il s'apprêtait à y pénétrer, l'inconnu arrêta d'arroser, leva les yeux et tourna le visage dans sa direction. Artie ralentit et aperçut au

---

3. La vallée de l'étrange : théorie du roboticien japonais Mori Masahiro, selon laquelle plus un robot androïde ressemble à un être humain plus ses imperfections nous paraissent monstrueuses.

milieu de son front une bosse d'un noir violacé semblable à une corne de licorne difforme. L'inconnu plissa les yeux, s'efforçant de mieux voir Artie, puis il sourit et lui fit un signe de la main comme s'ils étaient voisins depuis toujours.

Artie lui rendit son sourire, lui fit un timide signe de la main en retour, et retira son pied du frein. Juste avant que la voiture ne glisse dans le garage à côté de sa salle de sport, il remarqua quelque chose au pied de l'inconnu qu'il n'avait pas encore vu. C'était un seau débordant de pop-corn.

9

Artie passa la brosse Ouragan sur le carrelage de la chambre qu'il appelait « le plancher d'abattage ». Il avait réussi à refouler la plus grande partie du sang dans le canal d'écoulement qu'il avait installé au milieu du sol, et depuis il avait frotté, ciré et poli à cinq reprises. Cet excès de zèle était principalement dû au fait qu'Artie voulait mettre à l'épreuve son *épurateur-Cireur-Polisseur 3 en 1* [VU À LA TÉLÉ].

Il fonctionnait à merveille, exactement comme prévu, mais Artie avait volontairement pris son temps pour pouvoir réfléchir. L'inconnu aux cheveux plus raides que raides et au seau de pop-corn lui avait laissé un arrière-goût amer au palais spirituel. Le meurtre du jeune mendiant, remède contre le stress particulièrement bienvenu, ne l'avait pas apaisé autant qu'il l'avait espéré.

Il ne pouvait penser à rien d'autre qu'à la goutte de sang séchée, ainsi qu'à une pléthore d'autres choses en rapport avec son passage chez Bloomwalls le matin même et, à présent, l'inconnu d'à-côté. Pour couronner le tout, des bribes fantomatiques de son rêve étrange restaient gravées dans sa mémoire, diffuses et difficiles à décrypter. Ce stress supplémentaire l'avait empêché de profiter aussi pleinement du meurtre qu'en temps normal, mais un meurtre était un meurtre et il ne faisait pas comme s'il n'avait pas eu lieu.

Enfin satisfait de la propreté de son « plancher d'abattage », Artie éteignit la lumière et alluma le ventilateur d'extraction industriel fixé au plafond avant de fermer la porte. Un tas de nouveaux produits [VU À LA TÉLÉ] attendaient qu'il lise attentivement leur notice, puis qu'il les étudie minutieusement pour découvrir leurs nombreuses possibilités, mais, il avait beau vouloir se réjouir de l'ivresse que tout cela lui procurerait, il ne pouvait pas encore s'y consacrer. Il lui fallait soit trouver d'où venait la goutte de sang dans le salon, soit se convaincre qu'il savait d'où elle venait avant de s'autoriser à se détendre.

Artie avait remis à plus tard toute enquête plus poussée au sujet de cette tache en prolongeant son nettoyage, car il se pouvait qu'il ne maîtrise pas autant la situation qu'il en avait obsessionnellement besoin. Cette idée le terrifiait comme jamais depuis qu'il s'était mis à tuer.

Artie avait presque oublié ce que cela faisait ; la peur était revenue et s'était nichée dans la partie familière de son esprit dont il l'avait délogée des années plus tôt. Il s'engagea dans le couloir les jambes tremblantes tandis qu'il quittait le « plancher d'abattage » pour aller au salon. Il n'était pas vraiment sûr de ce qu'il gagnerait à réexaminer les lieux, et à chaque pas la peur lui vrillait davantage les entrailles.

Avant d'entrer au salon, Artie s'arrêta quelques secondes dans le couloir pour se reprendre et chasser sa peur. De là où il se tenait, la lumière qui se reflétait sur le bois lustré du parquet lui cachait la tache. Il s'avança lentement dans la pièce, les yeux rivés sur l'endroit où il savait qu'elle se trouvait, mais plus il s'en approchait et plus la réflexion de la lumière se faisait changeante, comme pour la lui cacher intentionnellement.

Artie se campa devant l'endroit où se trouvait la goutte de sang de la taille d'une pièce de dix cents, dos à la lumière pour ne pas être ébloui. Il se mit à quatre pattes et approcha son visage du sol de sorte que sa joue l'effleura presque lorsqu'il examina la zone de près. Il releva la tête et scruta lentement le parquet de gauche à droite plusieurs fois.

La peur qui lui vrillait les entrailles se transforma en perplexité, et quand il se releva, elle explosa en une véritable rage. La tache de sang séché avait disparu.

10

Artie était curieux de voir comme fonctionnait l'*Éliminateur à poussière par déionisation* qu'il avait acquis le matin même, et bien qu'il ne possédât pas de terrasse en bois pour le moment, il entendait trouver un moyen de tester la *Ponceuse à terrasse avec enduit intégré* qu'il s'était également procurée. Il ne s'était pourtant encore préoccupé ni de l'un ni de l'autre, car les boîtes de tous les nouveaux articles [VU À LA TÉLÉ] qu'il avait achetés quelques heures plus tôt étaient toujours soigneusement empilées près de la porte d'entrée, intactes.

Il avait beau être impatient de s'amuser avec ses nouveaux jouets, il lui était tout simplement impossible de se concentrer sur cela seul. Artie avait placé un fauteuil à l'endroit où s'était trouvée la tache, mais il n'avait pas encore réussi à s'y asseoir. Il regardait fixement le parquet, comme s'il espérait que la goutte de sang réapparaisse sous ses yeux, comme si elle s'était temporairement dérobée à sa vue. Ce n'était pas le cas, bien sûr, et il le savait, malgré tout il ne pouvait s'empêcher de regarder.

Il considéra une douzaine de fois l'éventualité d'avoir imaginé cette tache, mais il ne parvint pas à s'en convaincre. Artie envisagea la possibilité d'avoir été légèrement déstabilisé à son réveil à cause de son rêve, mais était-ce vraiment le cas ? N'avait-il pas été en retard chez Bloomwalls parce qu'il avait examiné trop longtemps cette tache ? Il décida qu'il ne pouvait y avoir que deux explications pour ce qui s'était passé.

Soit il avait tout imaginé, soit la tache avait bel et bien été là avant d'être nettoyée entre le moment où il était sorti et celui où il en avait terminé avec le mendiant. Le problème était qu'il ne pouvait rien prouver, sachant qu'il était quasi impossible d'entrer chez lui en raison du nombre de verrous qu'il avait installés à tous les accès possibles, sans oublier le système de sécurité qu'il avait conçu avec quelques surprises de son cru. Artie n'envisageait pas que quelqu'un ait pu entrer et nettoyer sans qu'il s'en aperçoive. D'autre part, il ne pouvait et ne voulait pas croire que son imagination puisse lui jouer un tel tour.

Il perdit pied devant cette impasse où il se trouvait et décida qu'il ne devait plus y penser, du moins dans l'immédiat. Artie choisit d'affronter l'autre problème qui le préoccupait : la présence dans la maison voisine d'un inconnu au physique pour le moins étrange. Qui était-il et pourquoi lui avait-il fait un signe de la main avec tant de bienveillance ? Il allait se rendre chez Mme Lancaster et l'interroger sur pensionnaire qui logeait dans son garage aménagé en appartement. Artie se leva et se dirigea vers la porte d'entrée, passant ses doigts sur le sommet de la pile d'articles [VU À LA TÉLÉ] avant de sortir. Il serait bientôt de retour pour s'en occuper, mais avant il avait besoin de trouver la réponse à au moins l'une des questions qui le tracassaient.

Il traversa tranquillement son jardin jusqu'à la porte de Mme Lancaster, refusant de laisser transparaître la moindre précipitation ou impatience, même s'il était une véritable boule de nerfs. Il monta sur le perron et, alors qu'il s'apprêtait à frapper, il entendit un bruit et s'immobilisa. C'était un son qui lui était familier, mais il ne savait pas très bien pourquoi. Le son se fit entendre une deuxième fois avant qu'il n'ait le temps de regarder dans la bonne direction, et Artie fit un tour complet sur lui-même avant d'en découvrir la provenance.

Devant le garage de Mme Lancaster se tenait l'inconnu qui arrosait les plantes quand Artie était revenu. Ses cheveux raides de chez raides avaient pris un éclat légèrement brillant, comme s'ils étaient mouillés, et les pointes avaient commencé à rebiquer. Artie croisa son regard juste à temps pour voir ses lèvres molles et humides remuer au moment où du fond de sa gorge s'échappait un son étrange.

11

Artie faisait les cent pas devant le garage aménagé en appartement de Mme Lancaster, se demandant s'il avait ou non perdu la tête. Trop de choses aujourd'hui le troublaient et le déconcertaient quelque peu, même s'il n'en laissait rien paraître. Le vernis de sociabilité un peu niaise qu'il affichait s'était épaissi et solidifié au fil des ans, en raison des nombreuses couches dont il s'en était recouvert et de son trouble dissociatif.

Artie s'était auto-conditionné pour toujours apparaître heureux ou réservé, voire les deux. Tous ceux qui passaient le voyaient sourire avec admiration devant les diverses plantes en pot disposées devant le garage de sa voisine. Peut-être donnait-il des conseils pour les soigner et les entretenir, ou peut-être les contemplait-il avec une pointe de jalousie taquine à l'égard de la main verte de son voisin ?

Artie regardait et souriait, mais en lui-même il bouillait d'une rage qui lui brûlait les veines. Face à la porte, ayant fait l'erreur de détourner momentanément son regard de l'inconnu qui émettait le son, Artie s'apprêtait à frapper. Il n'avait pas dû le quitter des yeux plus d'une demi-seconde mais, dans ce bref intervalle, il entendit une porte claquer. Quand il se retourna, l'inconnu avait disparu.

Il décida de ne pas frapper à la porte de Mme Lancaster pour l'interroger sur son étrange locataire afin de ne pas l'impliquer. Si quelque chose ne tournait pas rond chez lui, s'il avait pété un câble et était en train de perdre la tête, Artie ne voulait pas attirer l'attention de qui que ce soit sur sa folie.

À la place, il remonta nonchalamment l'allée pour jeter un œil au garage aménagé en appartement. À l'origine, le bâtiment séparé de la maison avait été un garage des plus classiques pour deux voitures, jusqu'à ce que les Lancaster y ajoutent un appartement à l'étage pour leur fils adolescent. Quand ce dernier avait quitté la maison pour aller à l'université, M. Lancaster, qui était à la retraite, avait décidé qu'il lui fallait un projet dans lequel s'investir, aussi avait-il entrepris de le transformer en totalité.

Artie se revoyait rentrer chez lui, parfois à près de deux heures du matin, une nouvelle proie dans son coffre, et trouvant M. Lancaster encore à l'œuvre ou en train de faire une pause pour fumer une cigarette dans l'allée. Artie lui faisait un signe de la main, M. Lancaster lui renvoyait son salut, et les choses en restaient là. C'était ce qui lui plaisait chez M. Lancaster. Si quelque chose ne le concernait pas directement il s'en foutait royalement, ce qui était une grande qualité pour un voisin.

Quand il eut terminé, M. Lancaster avait transformé le garage en ce qui correspondait en gros à une maison d'un étage. Artie s'émerveilla du savoir-faire de M. Lancaster tant il lui fut impossible de dire que ce bâtiment avait servi à garer des voitures et ranger du matériel de jardinage. C'était impeccable, c'était beau.

Quand Artie demanda à M. Lancaster ce qu'il prévoyait d'en faire, celui-ci plaisanta en disant qu'il allait s'en servir quand il serait à « couteaux tirés » avec sa femme. Il n'avait jamais eu l'occasion de s'y réfugier, car deux jours plus tard il était mort après avoir fait une attaque cérébrale. Il était alors dans l'allée, en train de fumer une cigarette, et Artie fut le premier à le trouver en revenant d'une visite matinale chez Bloomwalls.

Artie avait bondi hors de sa voiture pour lui porter secours, mais, avant même de l'avoir rejoint, il avait su que M. Lancaster était déjà mort. Il avait trouvé triste et ironique de s'agenouiller près de lui et de commencer à lui prodiguer un massage cardiaque pour essayer de le ranimer alors qu'habituellement il faisait tout le contraire.

Après cela, Mme Lancaster avait de temps à autre loué l'ancien garage pour de courtes périodes, la plupart de ses locataires venant d'autres régions et ayant besoin d'un logement provisoire pendant qu'ils en cherchaient un permanent. Artie n'avait jamais eu d'autre contact avec ces derniers qu'un hochement de tête et un sourire, et uniquement s'ils se trouvaient dehors alors qu'il arrivait ou partait. Jusqu'à présent, aucun d'entre eux n'avait jamais essayé d'entrer en contact avec lui.

Artie continua de faire les cent pas tout en se creusant la tête pour retrouver le souvenir de l'inconnu. Il avait beaucoup déménagé, aussi n'était-il pas impossible qu'il ait connu cet individu dans une autre ville dont il ne se rappelait pas. Il se demanda si c'était le signe dont il avait besoin pour plier de nouveau bagage et repartir de zéro ailleurs. Artie se trouvait bien ici cependant, et il avait réussi à passer à peu près inaperçu, aussi préférait-il si possible éviter de partir.

À condition qu'il n'ait pas perdu la tête et que cet inconnu soit bien réel et non une projection de sa folie, Artie aurait le fin mot de l'histoire. Il voulait se présenter avec désinvolture à lui et voir si le fait de le rencontrer face à face lui rafraîchirait la mémoire. Sinon, Artie lui demanderait franchement s'il le connaissait et d'où, et le cas échéant feindrait de se souvenir de lui.

S'il n'avait toujours pas frappé à la porte de cet individu, c'était parce qu'il craignait de découvrir que celui-ci n'était pas réel. Si le sang était le produit de son imagination, tout comme cet inconnu et le son, cela voulait dire que quelque chose ne tournait vraiment pas rond.

Comme on arrache un pansement, il s'avança jusqu'à la porte et frappa bruyamment trois fois. Son cœur battait la chamade, mais il respirait lentement, calmement. Artie serra les dents et frappa encore trois fois tout aussi fort. Il colla une oreille contre la porte, s'efforçant d'entendre quelque chose laissant supposer qu'il y avait quelqu'un, mais il n'entendit rien d'autre qu'un tintement assourdi par intermittence. Il s'apprêtait à frapper trois coups supplémentaires, mais au moment où il leva le bras, il baissa les yeux et vit quelque chose. Trois grains de pop-corn glissèrent devant la pointe de ses chaussures comme de minuscules amarantes blanches.

12

Quand il en eut terminé avec le mendiant, Artie ne sombra pas dans le profond sommeil qui suivait habituellement ses crimes. Il resta assis dans le noir pendant quatre heures et demie, regardant par la fenêtre de sa chambre qui lui offrait une vue dégagée sur la façade du garage aménagé en appartement de Mme Lancaster.

Les nouveaux produits [VU À LA TÉLÉ] qu'il s'était tant réjoui d'étudier et de tester demeuraient empilés depuis des heures dans l'entrée. Il était rare que quelque chose vienne bouleverser la vie d'Artie en prenant le pas sur l'obsession qui, selon lui, le définissait en partie, mais il se trouvait dans une situation tout à fait exceptionnelle. Les grains de pop-corn qu'il avait vus devant la porte de l'appartement juste avant qu'il ne s'apprête à l'enfoncer lui prouvaient qu'il n'était pas fou.

Il savait qu'il avait vu un seau de pop-corn au pied de l'inconnu quand il s'était garé dans son propre garage peu avant midi. Artie n'avait pas vu à proprement parler l'inconnu entrer, mais après que la porte eut claqué, ce petit type bizarre et rondouillard n'était visible nulle part, aussi tombait-il sous le sens qu'il était à l'intérieur.

Sur le moment Artie en avait été certain, mais cette certitude s'amenuisait tandis que les heures passaient sans qu'il y ait le moindre signe prouvant que quelqu'un soit sorti de l'appartement. Si l'inconnu se trouvait à l'intérieur, comme Artie le soupçonnait, cela voulait dire qu'il avait ignoré les coups frappés à sa porte. Artie considérait comme extrêmement grossier d'ignorer quelqu'un et cette pensée le brûlait de l'intérieur comme si son sang s'était transformé en mercure au cours d'une expérience d'alchimie qui avait mal tourné. En temps normal il ferait en sorte de pénétrer chez l'inconnu pour lui montrer à quel point il le jugeait grossier, mais en l'occurrence l'affaire était différente.

Cet individu était la pièce manquante d'un puzzle qu'Artie s'était efforcé d'assembler depuis qu'il avait commencé à entendre le son dans ses rêves. Il désirait ardemment tuer cette espèce de troll et il le ferait, mais pas avant d'avoir complété le puzzle. Il avait appris à être patient et pouvait réfréner son impatience en attendant le moment propice.

Plus il attendait, plus il réfléchissait aux événements de la journée et au rôle que cet inconnu avait pu y jouer. Le locataire rondouillard avait des cheveux raides et non gras, plus un seau de pop-corn à ses pieds, trois détails dont l'importance n'avait pas échappé à Artie. Ce n'était pas une coïncidence si le seul nouvel article

[VU À LA TÉLÉ] qui était en rupture de stock, celui dont Artie avait besoin pour compléter sa collection, affirmait garantir des cheveux raides et non gras tout en fournissant une machine à pop-corn.

Cet individu mystérieux avait une longueur d'avance sur Artie et allez savoir depuis combien de temps c'était le cas. Artie chassa cette pensée pour le moins déconcertante. Il s'était toujours considéré comme discret et habile dans le choix de ses victimes, mais l'idée que quelqu'un ait pu secrètement le traquer pendant tout ce temps réduisait à néant tout sentiment de satisfaction.

Artie n'avait pas mis les pieds dans son salon depuis son retour. Il ne voulait pas revoir l'endroit où s'était trouvée la tache de sang, surtout parce qu'il craignait que d'une façon ou d'une autre elle ait réapparu. Il était incapable de faire face à l'incidence qu'une telle découverte aurait sur sa santé mentale, du moins pas dans l'immédiat. Il savait ce qu'il avait vu le matin même et ce qui avait disparu l'après-midi, et il était convaincu que cela avait quelque chose à voir avec le mystérieux pensionnaire d'à côté.

Au moment où le crépuscule voila légèrement le ciel, Artie vit la poignée de la porte commencer à tourner. Il se releva d'un coup, pleinement conscient et concentré, arraché à sa rêverie telle une toile d'araignée à une encoignure. La porte s'ouvrit lentement, et l'inconnu sortit, dos à Artie. Il ferma la porte et tourna la clé dans la serrure avant de se retourner.

Son apparence avait tellement changé qu'Artie pensa qu'il ne s'agissait pas du même individu, mais cette impression ne dura qu'un moment. Le temps qu'il lui fallut pour se rendre compte que c'était bien la même personne, et il saisit ce qu'il avait de différent à présent. Ses cheveux n'étaient plus aussi raides, mais avaient repris leur forme naturelle, à savoir une tignasse de boucles sombres si grasse qu'elle reflétait le peu de lumière qu'il restait dans les yeux d'Artie.

L'inconnu regarda alentour comme s'il s'attendait à trouver quelqu'un, puis leva les yeux en direction de la fenêtre derrière laquelle se trouvait Artie, de l'autre côté de l'allée. Quand leurs regards se croisèrent, Artie se souvint.

Tous les détails du rêve qu'il avait fait la nuit précédente le submergèrent comme si les yeux de ce type bizarre avaient rompu le barrage qui les retenait. Il se rappela l'inconnu au curieux visage acnéique et grumeleux de son rêve et la façon dont il avait regardé par la fenêtre. Artie se rappela lui avoir jeté à la tête son mug de café et comment l'inconnu avait sauté par la fenêtre et glissé sur le sol.

Artie se revit écraser la tête de l'intrus contre le parquet à plusieurs reprises, et il se souvint du sang. Le sang dont il avait trouvé une goutte au même endroit dans le salon. La peur lui étreignit le cœur de sa main squelettique et glacée, se rappelant à son bon souvenir, et il bondit de son fauteuil.

Artie craignait que ce qui s'était passé entre cet individu courtaud et lui ne soit pas un rêve. Il se repassa un par un tous les détails, s'efforçant d'en trouver un qui ne colle pas pour s'assurer que tout cela n'avait été qu'un rêve, mais ce n'était pas si facile. Il y avait trop de questions dont il ne connaissait pas les réponses, mais il savait qui les connaissait. Artie quitta la fenêtre et se dirigea vers la porte d'entrée pour affronter l'inconnu et combler les blancs.

13

Artie se tenait devant les boîtes empilées des nouveaux produits [VU À LA TÉLÉ] qu'il avait achetés quinze heures plus tôt, et qui se trouvaient toujours dans l'entrée. Sauf qu'à présent il ne savait pas s'il allait commencer à les ouvrir une par une, en prenant tout son temps pour découvrir ce que chacune avait à offrir, ou donner un coup de pied dans le tas et en réduire le contenu en miettes de plastique.

Il lui manquait. Il ignorait comment c'était possible, mais ce connard obséquieux était parti au moment où Artie s'était précipité au-dehors. Alors, il n'avait vu que les deux feux arrière d'un coupé Fiero s'engager dans la rue puis disparaître au premier tournant. Plus tôt dans la journée Artie avait remarqué cette voiture insolite qui était garée là, mais il avait été bien trop préoccupé pour s'y attarder.

Artie se demanda s'il avait réagi aussi vite qu'il le pensait. Frappé de saisissement en reconnaissant l'inconnu et en se rappelant brusquement son rêve, sa perception du temps en avait peut-être été momentanément faussée. Cependant, l'idée d'avoir bougé trop lentement pour que les jambes courtaudes du petit gros lui aient permis de rejoindre l'allée et de monter en voiture suffisamment vite pour s'en aller avant qu'Artie n'ait eu le temps de sortir paraissait insensée.

Il envisagea de sauter dans sa Tempo et de poursuivre l'inconnu, mais changea d'avis. Les choses pouvaient mal tourner dans un lieu public où Artie maîtriserait mal voire pas du tout la situation, ce qui pouvait lui attirer des ennuis. Il était passé inaperçu ces vingt-deux dernières années, et il allait continuer ainsi. Il connaissait l'existence de l'inconnu, il savait l'importance qu'il avait dans son rêve *et* aussi qu'il produisait ce fichu son. Et tôt ou tard cette saloperie de Fiero serait de retour.

Artie réglerait cela à sa manière. Il obtiendrait des réponses. Il décida de laisser de côté la pile de boîtes, ne se sentant toujours pas prêt à s'y attaquer. À la place, il se dirigea vers la cuisine, les semelles de ses chaussures crissant à chaque pas sur le parquet immaculé et ciré. Il n'alluma pas la lumière, refusant toujours de voir si la tache de sang avait réapparu.

Il entra dans la cuisine et alluma les lumières qui, situées sous les placards, fournissaient un éclairage doux et blanc. Il ouvrit le réfrigérateur et en sortit une bouteille de bière qu'il avait faite lui-même avec sa *Machine à brasser la bière en deux fois moins de temps avec cuve de fermentation à vin* [VU À LA TÉLÉ]. La boisson qu'il obtenait ainsi ressemblait davantage à du vin avec, dans l'ensemble, un goût prononcé de lave-vaisselle. Autrement dit, si onze personnes avaient vomi dans le lave-vaisselle, l'une d'elles en avait bu une partie avant de vomir à nouveau.

De même, cette bière avait la consistance d'une diarrhée glacée, mais Artie avait besoin d'alcool pour se calmer, il dévissa donc la capsule, rejeta la tête en arrière et but d'un trait. Il s'éloigna du réfrigérateur et laissa la porte se refermer pendant qu'il buvait. Il abaissa la bouteille, avala et eut un haut-le-cœur à cause du goût parfaitement dégueulasse.

Il tourna la tête, ravalant un hoquet de dégoût, et vit involontairement le salon à travers la découpe dans le mur. Il était encadré d'un rectangle de lumière tamisée, mais Artie eut l'impression qu'il le voyait sous le soleil, à l'heure la plus lumineuse de la journée.

Il ne vit pas la tache de sang. Non loin de l'endroit où elle s'était trouvée, il y avait une petite marque semi-circulaire dans le mur. Des lunettes blanches de poussière reposaient sur le sol, sous la marque, tels les vestiges d'une soirée cocaïne. Le champ de vision d'Artie devint flou sur les côtés, et sa tête résonna d'une extrême pression interne. Puis, il vomit devant et tout autour du réfrigérateur.

La bière avait meilleur goût en la régurgitant.

14

Artie n'était pas fou. Soit il s'était fait baiser, soit il était mort. Quelqu'un, vraisemblablement le gros d'à côté, lui jouait un tour subtil destiné à le briser. Dans quel but, Artie n'en avait pas la moindre idée, mais il était possible qu'un membre de la famille d'une de ses victimes ait découvert qui il était, l'ait retrouvé, et joue avec lui avant de lui donner le coup de grâce.

Il avait envisagé une telle possibilité et ce qu'il ferait le cas échéant. Non parce qu'il doutait de ses capacités, mais parce qu'il imaginait sans cesse des situations dans lesquelles il pourrait se retrouver et la façon dont il réagirait. De tels scénarios l'empêchaient de se faire attraper, des scénarios nés de l'expérience. Artie se rappelait ses négligences du début, quand il agissait dans la précipitation, oubliant de prendre son temps, laissant derrière lui un chaos inutile.

Tout en perfectionnant son mode opératoire, il avait repensé à ses premiers meurtres, en prenant soin de se demander qui était susceptible de lui poser problème. Artie était confiant, mais il se gardait d'être arrogant. Aussi farfelue que puisse paraître sa théorie, le pourcentage de chances qu'elle se vérifie était infime.

La probabilité qu'il soit mort était bien plus élevée, mais il refusait malgré tout de l'accepter. Non qu'il craigne d'être mort, mais parce que c'était trop facile, trop « rasoir d'Ockham »[4]. Trop de choses étaient imprévisibles pour qu'il soit prisonnier d'une boucle de la mort infernale qu'il revivrait encore et encore, pour l'éternité. Il savait néanmoins qu'une boucle de la mort exigerait un nombre égal de degrés de mobilité, sinon plus, mais là c'était différent.

Quoi qu'il puisse se passer, Artie savait que ce ne serait pas quelque chose d'aussi simple à expliquer que « d'être mort ». C'était une impression bien plus sinistre, personnelle, voire intime d'une certaine façon. Et le gros con obséquieux d'à-côté le savait. Que ce soit un canular bien monté ou un voyage sans retour sous acides, c'était un retournement de situation auquel Artie comptait remédier sans attendre.

Quand il se fut repris après avoir répandu du vomi sur un bon tiers de sa cuisine, par ailleurs impeccable, Artie n'eut d'autre choix que de regarder le mur de plus près, ce qui signifiait qu'il allait devoir examiner la zone où s'était trouvée la tache de sang. Il alluma toutes les lumières, rendant l'éclairage du salon digne d'un bloc opératoire, ce qui n'était pas un hasard.

---

4. Rasoir d'Ockham : principe de raisonnement philosophique qui dit : « pourquoi faire compliqué quand on peut faire simple ? »

Artie put ainsi avoir une vue d'ensemble. Ce qu'il avait pris pour un faisceau de lumière se répandant dans la pièce par la fenêtre s'avérait être la trajectoire empruntée par l'inconnu, tachée et abîmée par ses sécrétions. Là où l'inconnu avait glissé sur le sol, le parquet était à présent jaune pâle, et son éclat était terni.

Quand Artie se tourna pour voir la marque sur le mur, elle y était bel et bien, et à dix ou quinze centimètres devant elle se trouvait la tache de sang.

— Je ne crois pas que tout cela n'était qu'un rêve, dit Artie à voix haute en parlant tout seul.

C'était rassurant d'entendre une voix après des heures de silence, fût-elle la sienne. Artie s'avança d'un pas vers le mur et entendit le crissement des pneus de la Fiero qui frottaient contre le bord du trottoir devant la maison de Mme Lancaster.

Artie pivota la plante de ses pieds pour changer de direction et se diriger vers la porte d'entrée. Au-dehors, il entendit claquer la portière de la voiture, puis résonner l'affreux bruit de succion humide qui l'avait tourmenté et qu'il avait cru être le produit de son imagination. C'est alors que les lumières s'éteignirent chez Artie et dans tout le quartier.

15

Dans le jardin d'Artie, le vent fouettait les arbres comme s'il s'agissait d'un décor de théâtre en papier, tout en hurlant dans la rue pour annoncer la tempête imminente. Artie avait aperçu des éclairs au loin quand il était assis un peu plus tôt devant la fenêtre, mais sans y prêter réellement attention. À présent, la tempête s'était rapprochée et, tonitruante, faisait son entrée.

Artie sentit les premières gouttes annonciatrices d'un déluge programmé quand il sortit pour scruter l'obscurité, à l'affût d'une trace de l'inconnu. Il regarda l'allée qui menait à l'entrée du garage aménagé en appartement, mais ne vit rien d'autre que les effets des bourrasques de vent. Son regard alla ensuite de la voiture garée dans la rue au garage puis du garage à la voiture, mais il ne vit toujours aucune trace du petit gros. Alors, entre deux rafales de vent, il entendit un bruissement s'élever de la façade de la maison de Mme Lancaster.

Artie sortit et fit quelques pas pour mieux voir par-delà son jardin, s'exposant ainsi aux grosses gouttes qui tombaient du ciel. Malgré l'obscurité, il vit l'inconnu penché sur une petite plate-bande qui longeait la façade de la maison de Mme Lancaster. De là où il était, Artie n'entrapercevait rien d'autre que le bas du corps grumeleux de son ennemi juré, et il eut l'impression que celui-ci était en train de lutter avec quelque chose sur le sol, parmi les tulipes primées.

Artie esquissa un mouvement, mais il s'arrêta et regagna l'entrée pour prendre une batte en aluminium posée dans le coin derrière la pile des boîtes [VU À LA TÉLÉ] toujours intactes. Il avança sans bruit sur la pelouse, puis accéléra le pas en traversant l'allée qui le séparait du jardin de Mme Lancaster.

Quand il ne fut plus qu'à quelques pas de l'inconnu, Artie leva la batte au-dessus de sa tête et tendit l'autre bras. Il agrippa par l'épaule son ennemi toujours baissé, le fit se retourner, et abattit avec force sur sa tête la partie la plus épaisse de la batte. Ce dernier émit un gémissement aigu tandis qu'il se recroquevillait sur lui-même et s'effondrait sur les fleurs.

Artie recula horrifié quand, baissant les yeux, il vit Mme Lancaster allongée devant lui, agrippée à un nain de jardin qu'elle avait essayé de mettre à l'abri avant que la tempête ne frappe. Du sang coulait à flots de sa blessure à la tête, trempant la terre alentour. Artie vit qu'elle le reconnaissait avant que sa vue ne se brouille, puis elle perdit connaissance. L'inconnu lui avait encore échappé.

16

Mme Lancaster était allongée sur un brancard en acier inoxydable au beau milieu du « plancher d'abattage » d'Artie. Elle était encore inconsciente, mais, comme elle ne le resterait plus très longtemps, Artie n'avait pas le choix quant à la façon de régler le problème. Il avait frappé trop fort avec la batte, commettant l'erreur de se laisser submerger par ses émotions, et il le savait.

Même s'il avait frappé sa cible initiale, le coup aurait eu pour effet indésirable de paralyser l'inconnu, qui ainsi ne lui aurait été d'aucune utilité. Tout bouleversé qu'il était de s'en être pris accidentellement à sa voisine, Artie voyait le bon côté de la chose. En frappant Mme Lancaster, il avait offert un exutoire à son angoisse grandissante, et à présent il avait retrouvé sa lucidité.

Il n'y avait toujours pas d'électricité, aussi ne filtrait-il aucune lumière par les fenêtres du garage aménagé en appartement qui puisse indiquer à Artie que l'inconnu se trouvait à l'intérieur, mais il savait qu'il y était : il avait entendu la porte claquer.

Artie appuya sur la poignée de son *Kit-Turbo de dépoussiérage anti-odeurs* [VU À LA TÉLÉ] et regarda la poitrine de sa voisine se soulever et retomber. Tuer la vieille dame impliquait qu'il lui faudrait disparaître encore une fois et se réinventer dans une ville à l'autre bout du pays. Cela l'ennuyait, mais il savait qu'il lui aurait fallu partir de toute façon après avoir obtenu ce qu'il voulait de l'inconnu. Le risque serait trop grand de rester ici plus longtemps.

Il lui faudrait trouver une nouvelle maison, un nouveau Bloomwalls, une nouvelle Donna aussi, mais pour l'instant c'était la moindre de ses préoccupations. Il appréciait Mme Lancaster et savait qu'elle ne méritait pas un tel sort, mais son instinct de conservation lui dictait de ne courir aucun risque. Il vit la respiration de la vieille dame se ralentir, s'accélérer, et elle gémit tandis qu'elle s'apprêtait à reprendre lentement connaissance.

D'un mouvement fluide et mécanique, Artie s'avança et trancha la gorge de Mme Lancaster avec la lame de rasoir qu'il avait calée entre ses doigts. L'élégance et la précision de son geste perdurèrent pendant qu'il se reculait puis s'éloignait avant qu'une seule goutte de l'éruption aortique ne l'atteigne. Le choc et l'adrénaline réveillèrent Mme Lancaster, qui lutta pour crier, mais son larynx avait cessé de fonctionner. Artie se tourna face au mur tandis que la vieille dame crachotait et gargouillait pendant que la vie la quittait. Ce meurtre ne lui procurait aucun plaisir. Mme Lancaster avait été une bonne voisine, et il l'appréciait tout autant qu'il avait apprécié M. Lancaster de son vivant.

Il n'avait pas choisi de tuer Mme Lancaster, et c'était une chose qui le privait du plaisir qu'il éprouvait habituellement. Il avait dû s'y résoudre à cause de ce gnome importun. Artie admettait que c'était lui qui avait confondu sa voisine avec son corpulent locataire, mais il n'aurait jamais commis une telle erreur si ce dernier ne l'avait pas mis dans une telle situation. Il lui avait fait perdre la tête, et Artie ne pouvait pas le supporter.

Le dernier souffle de vie quitta Mme Lancaster en un long râle étouffé qui s'échappa de ses poumons par sa gorge tranchée. La routine habituelle d'Artie consistait à se débarrasser du corps et à tout nettoyer aussitôt après en avoir terminé, mais à quoi bon s'y tenir puisque cette habitude avait déjà en grande partie été battue en brèche ? Il se glissa dans le couloir par la porte entrouverte du « plancher d'abattage » et la referma lentement sans se retourner.

Il reviendrait s'occuper de Mme Lancaster plus tard, après s'être chargé du gros connard vérolé. Artie ferma tous les verrous de la porte, au cas où autre chose échapperait à son contrôle ce soir-là. Il refusait d'envisager une telle possibilité, mais pour être confiant il n'en était pas moins réaliste.

Il avait déjà commencé à ébaucher un plan, mais il n'en était encore qu'aux balbutiements. Il se rendit au salon pour réfléchir et surveiller tout signe d'activité dans le garage aménagé en appartement. Le salon était silencieux et plongé dans une obscurité totale. Sans électricité, rien ne fonctionnait en arrière-plan pour générer le bruit blanc qu'il avait pris l'habitude d'ignorer.

Le sang sur le parquet avait disparu, tout comme la poussière du placoplatre endommagé, mais cette fois parce qu'Artie avait tout nettoyé. Il n'avait aucune raison d'essayer de réparer le mur puisqu'il ne tarderait pas à quitter cette maison. Il fit les cent pas dans la pièce, les yeux rivés sur la fenêtre tout en étoffant son plan naissant.

La seconde partie de sa machination était facile puisqu'elle impliquait qu'il emploie sur l'inconnu divers moyens de torture, appris et inventés, avant de le tuer. Il ne goûtait pas particulièrement la torture, mais dans les rares occasions où il estimait que sa victime méritait un tel traitement, il s'en délectait. Ce serait une de ces occasions-là.

Artie s'était familiarisé avec la torture sans pour autant y adhérer pleinement car il aimait tout maîtriser et être bien préparé. Il s'était appuyé sur ses recherches pour inventer ses propres méthodes de torture et avait même modifié à dessein plusieurs produits [VU À LA TÉLÉ]. Artie avait adapté un *Aspirateur à cérumen*, initialement conçu pour aspirer la cire des oreilles, en y ajoutant une vis rétractable et en augmentant considérablement la puissance d'aspiration.

Une fois l'appareil inséré dans l'oreille, l'aspiration perforait le tympan pendant que la vis perçait et broyait le reste de l'oreille interne avant d'aspirer ce qui en restait. Artie s'amusait alors de la surdité de sa victime ainsi que de la perte de totale de son équilibre. Il lui retirait les menottes ou détachait la corde dont il se servait pour la retenir prisonnière. Quand la victime se levait et faisait un pas, pensant qu'elle avait une chance de s'échapper, elle vacillait et s'effondrait, son sens de l'équilibre n'étant plus qu'un souvenir.

L'aspirateur à cérumen ainsi modifié pouvait offrir un bon début, mais Artie se demanda si ce n'était pas trop doux pour l'inconnu d'à-côté. Le vent entraînait et projetait de grosses gouttes, qui s'écrasaient contre la vitre telles des baies trop mûres. Le garage lui apparaissait tout flou, mais il y voyait malgré tout bien assez pour remarquer un éventuel changement.

La violence de la pluie rappela à Artie une autre de ses tortures préférées à l'aide d'un ancien modèle de la *Brosse à récurer Ouragan*. Il l'avait modifiée pour que l'eau chaude sous haute pression jaillisse des minuscules embouts conçus pour alimenter la brosse en savon, mais il avait enlevé les poils de la brosse. Il plaçait l'appareil sur la victime, par exemple l'estomac, et pressait le bouton sur la poignée pour libérer l'eau en brèves giclées.

Cela revenait à être piqué à maintes reprises par de minuscules aiguilles brûlantes, causant chaque fois une douleur insoutenable. Par la suite, la victime se retrouvait avec un trou dans le ventre, d'où s'ensuivait une mort lente. Artie trouvait que quelque chose dans ce genre-là conviendrait davantage à l'inconnu, seulement il voulait s'assurer de prendre tout son temps, comme il le faisait pour la plupart des sévices qu'il prévoyait de lui infliger.

Artie pouvait arpenter la pièce pendant des heures en réfléchissant aux tortures à lui infliger, mais rien de tout cela n'avait de sens s'il n'arrivait pas à s'emparer de cet enquiquineur gras du bide. Il pourrait toujours improviser si la situation l'exigeait. S'il s'introduisait dans le garage aménagé en appartement et se retrouvait dans l'obligation de devoir le tuer, alors qu'il en soit ainsi.

Artie prit conscience, toutefois, que s'il lui fallait tuer ce gros lard sur place la situation lui échapperait une fois encore, différemment cette fois. L'inconnu serait mort et obtiendrait encore une victoire sur lui. Il se jura de ramener chez lui ce bouffon obséquieux au visage vérolé et d'utiliser toutes les ressources de son « plancher d'abattage » avant de condamner la pièce, du moins dans l'immédiat.

Il songea à Mme Lancaster sanglée sur un brancard dans cette même pièce et ressentit une pointe de tristesse quant à l'absurdité de sa mort. Elle avait dû se vider complètement de son sang à l'heure qu'il était, la majeure partie du liquide visqueux s'étant écoulé par le siphon creusé dans le sol. Artie devrait œuvrer en sa présence quand il aurait amené l'inconnu dans la pièce, mais il prévoyait de se débarrasser d'elle avec le plus grand respect possible avant de quitter la maison pour de bon.

Artie commençait à s'abîmer dans le tourbillon de ses pensées de vengeance criminelle quand il entendit un bruit de bris de verre et reprit ses esprits. Il courut à la fenêtre et l'ouvrit malgré la pluie, pour bien voir. La fenêtre voisine de la porte d'entrée du garage aménagé en appartement était cassée et du pop-corn s'en échappait en grande quantité.

Les grains de maïs compacts se pressaient les uns contre les autres pour former un énorme tas de pop-corn. La façon dont le tout jaillissait à travers la fenêtre brisée lui rappela un des feux d'artifice qu'il avait tiré étant enfant. C'était un petit disque noir qu'on posait sur le sol, et quand on l'enflammait l'engin prenait peu à peu de l'ampleur, ce qui le faisait ressembler à un serpent sortant de terre. Ce qu'il regardait à présent était du même genre, mais d'un tout autre niveau.

Le pop-corn ne résistait pas longtemps sous la pluie et fondait rapidement en une bouillie blanche et crémeuse qui s'accumulait dans l'allée comme de la neige aqueuse sur laquelle on a pissé. Le serpent de pop-corn continuait de se frayer un passage par la fenêtre sans devoir s'arrêter, aussi Artie eut-il l'impression qu'il gagnait du terrain.

En quelques secondes, l'espace séparant la fenêtre d'Artie du garage aménagé en appartement fut recouvert de grains de maïs crémeux, qui se décomposaient plus ou moins selon que la pluie se faisait plus dense. Malgré le martèlement de la pluie, le hurlement du vent et le fracas du tonnerre, Artie jura avoir entendu un rire.

17

Artie se détourna de la fenêtre ouverte pour se diriger vers la porte d'entrée, mais il s'arrêta net après avoir fait un pas. Il avait déjà été pris de court dans cette poursuite et savait qu'il ne bénéficiait pas de trois secondes supplémentaires pour sortir de chez lui. Il refusait de courir le risque d'arriver à la porte pour découvrir une tout autre scène que celle qu'il avait sous les yeux.

Il se retourna, regagna la fenêtre, s'agrippa au rebord et sauta à l'extérieur. La congère de pop-corn avait réduit la distance entre le garage aménagé en appartement et la maison d'Artie, aussi se laissa-t-il glisser sur la pente avant d'atterrir brutalement sur la poitrine. Le pop-corn le recouvrit totalement tandis qu'il gisait là, haletant, mais Artie s'obligea à se relever pour ne pas perdre de vue l'appartement. Le pop-corn lui arrivait aux genoux, et plus il devenait humide et plus il était difficile pour Artie de se frayer un passage. Il avala le peu d'air frais qu'il réussit à inspirer et lutta contre la marée montante de maïs soufflé.

Artie avait atteint le milieu de l'allée et le pop-corn lui arrivait à la taille, sans montrer le moindre signe de s'arrêter là. Il entendit le claquement sec caractéristique du bois qui vole en éclats et leva les yeux pour voir la porte du garage aménagé en appartement se bomber tandis que le chambranle cédait sous la pression toujours plus forte. Une seconde plus tard, la porte se détacha dans un craquement suffisamment fort pour rivaliser avec le fracas du tonnerre.

Le pop-corn se déversa par l'embrasure de la porte arrachée, ajoutant au déluge qui submergeait l'allée et commençait à gagner la rue. Avant que la porte ne soit totalement recouverte par l'avalanche en mouvement, Artie s'avança et s'y agrippa. Il réussit à franchir la déferlante de pop-corn humide, se servant du petit effet de levier que lui offrait la porte.

Artie leva la tête et aperçut à portée de main le chambranle éclaté, aussi plongea-t-il en avant et tâtonna-t-il jusqu'à ce que ses mains trouvent le bois massif. Il ignorait ce qu'il allait faire une fois à l'intérieur du pop-corn qui emplissait l'appartement, mais il trouverait.

Accroché au chambranle, Artie repoussa les grains de maïs chauds qui se précipitaient sur lui. Quand il eut réussi à s'arracher du seuil, il se laissa tomber dans le pop-corn, mais une fois arrivé à l'endroit où le sol aurait dû se trouver, il continua de tomber. Artie se redressa et chercha à l'aveuglette quelque chose à quoi se raccrocher, mais il n'y gagna que des poignées de grains de maïs écrasés et des doigts crémeux à souhait. Bien qu'il eût les yeux ouverts, il ne vit rien d'autre qu'un flou de blanc avant d'atterrir aussi soudainement que brutalement sur le dos. Alors le blanc devint noir.

18

Artie avait les yeux ouverts mais ne voyait rien. Où qu'il soit, il ne savait pas vraiment s'il était plongé dans l'obscurité ou s'il était devenu aveugle. Il tâta le sol autour de lui dans l'espoir de trouver un indice quant à l'endroit où il était et au moyen d'en sortir. Ses mains ne rencontrèrent que du béton, froid, sans la moindre fissure ni motte de gazon à proprement parler. Cela lui fit penser à sa *Lisseuse-étaleuse de béton au fini impeccable avec réveil intégré* [VU À LA TÉLÉ] et au fait qu'il n'avait pas encore eu l'occasion de s'en servir. Il se demanda si, en fait, ce n'était pas ce même produit qui avait été utilisé pour le sol sur lequel il était allongé.

Artie mit plus de temps que de coutume pour lever les bras et les poser sur sa poitrine. Il se frotta les avant-bras, s'attendant à ce que ses mains soient grasses et enduites du beurre artificiel aromatisé qui compose la garniture du pop-corn, mais sa peau était sèche et pas plus glissante que d'habitude. Un doux vrombissement s'éleva, assez loin semblait-il de là où Artie était allongé sur le béton frais et lisse, mais il se rapprochait.

Artie pencha la tête sur la gauche, ce qui, d'après ce qu'il pouvait en juger, était la direction d'où provenait le bruit. Ne sachant toujours pas s'il avait perdu la vue ou non, il était incapable de dire si les deux minuscules lumières vertes qu'il distinguait étaient réelles ou si son cerveau tirait des feux d'artifice à l'intérieur de ses yeux désormais inutiles. Il écarquilla les yeux, cilla, écarquilla plusieurs fois encore jusqu'à en pleurer, transformant les lumières en étoiles floues et éthérées qui laissaient des éclairs dans leur sillage, jusqu'à ce qu'il cille de nouveau pour y voir clair.

À présent Artie savait qu'il n'était pas aveugle, mais il ne pouvait toujours bouger ni les bras ni les jambes sans déployer un maximum d'efforts. L'obscurité était telle qu'il était sans importance qu'il puisse voir ou bouger, puisque cela ne lui servirait à rien dans ces ténèbres qui l'avaient avalé. Il ne pouvait rien faire d'autre que regarder les deux minuscules étoiles vertes s'approcher tandis que le vrombissement se faisait toujours plus fort.

Un projecteur surgit de quelque part vers le haut et perça l'obscurité avec la précision d'une main experte enfonçant un couteau *ginsu* dans un épais jarret de porc. Au début Artie ne fit qu'entrapercevoir la lumière, puisque le changement brutal de luminosité l'aveugla jusqu'à ce que ses yeux finissent par s'y adapter. Quand il recouvra la vue, il vit le projecteur briller d'un plafond incroyablement haut, bien trop haut pour qu'Artie puisse voir où il se trouvait.

Il suivit des yeux le faisceau du projecteur jusqu'au sol, et vit le petit gros aux cheveux gras baigné de lumière passer et repasser la *Lisseuse-étaleuse de béton au fini impeccable avec réveil intégré* sur le ciment déjà ultra-lisse. Les deux lumières vertes qu'Artie avait vues se trouvaient sur le devant de la machine que guidait l'inconnu. On aurait dit une version légèrement modifiée d'une polisseuse industrielle, et Artie se demanda si le petit gros avait libéré tout le potentiel de l'article que ses concepteurs avaient enfermé à l'intérieur de la froide enveloppe en plastique-métal, tout comme lui-même l'avait fait avec la majorité de ses produits [VU À LA TÉLÉ].

L'inconnu arrêta d'avancer quand il fut à moins de six mètres d'Artie, puis il passa la machine devant lui. De la sueur dégoulinait du front du petit gros en de ridicules grosses gouttes visqueuses comme on en voit dans les dessins animés *Tom & Jerry*. Il ne leva pas les yeux, intensément concentré sur sa tâche. Artie faillit l'interpeller, mais se ravisa, désireux de s'assurer qu'il était en mesure de bouger au moins un minimum avant d'attirer l'attention du fou furieux en sueur.

Artie leva les bras avec un peu plus de facilité qu'il ne les avait portés à sa poitrine. La gravité l'y aida, bien sûr, et ses bras retombèrent lourdement sur le sol en béton dans un claquement qu'il entendit, mais pas assez fort pour couvrir le bruit de la machine. Artie demeura immobile encore un moment, dans l'attente d'une réaction, mais l'inconnu ne regarda même pas dans sa direction. Il transpirait toujours et continuait de lisser le sol déjà ultra-lisse devant lui.

Artie essaya de plier les genoux et de se redresser pour s'asseoir, mais une douleur le transperça à la base de la colonne vertébrale, interrompant sa tentative et faisant retomber sur le sol ses bras et ses jambes. Il craignit d'avoir des lésions irréversibles à la moelle épinière, et s'il pouvait malgré tout bouger, il ne pouvait écarter la possibilité de conséquences incapacitantes à long terme. Comment ferait-il son travail ? Comment se rendrait-il chez Bloomwalls pour assouvir ses besoins en produits [VU À LA TÉLÉ] ?

Le vrombissement de la machine s'interrompit brusquement et, jetant un coup d'œil, Artie vit que sa Némésis le regardait fixement. La bouche de l'inconnu s'arrondit et cracha le son qui emplit la pièce, rebondissant et résonnant sur le sol et les murs et le plafond invisibles.

— C'est quoi ça ? finit par lâcher Artie. Qu'est-ce que vous me voulez, espèce de gros tas de merde ?

Les lèvres brillantes et épaisses de l'inconnu se contractèrent, produisant de nouveau le son, et Artie grimaça tandis que le son se perdait lentement dans la grande pièce vide. En guise de réponse, l'inconnu sourit et remit la machine en marche. L'instant suivant, les lumières vertes de devant virèrent au rouge et clignotèrent en mesure avec un bêlement désagréable émanant des rouages internes de l'engin. C'était le réveil intégré.

En entendant ça, Artie eut l'infime espoir qu'il était peut-être en train de rêver cette terrible mésaventure et qu'il allait se réveiller dans son lit avec toutes ses capacités de mouvement. L'alarme résonnait toujours désagréablement pendant qu'Artie luttait pour s'extirper d'un rêve qui n'en était pas un.

— Je t'emmerde, putain de monstre ! hurla Artie pour couvrir la distance qui les séparait. Vaut mieux pour toi que je sois paralysé, parce qu'autrement tu vas déguster !

L'inconnu ne répondit pas davantage, mais fit un grand sourire, ouvrant la bouche pour révéler que ses dents jaunes et abîmées avaient cédé la place à plusieurs rangées de crocs acérés qui lui emplissaient la gueule de meurtrières stalactites et stalagmites affûtées comme des lames rasoir. L'alarme résonnait toujours, retentissant dans l'espace caverneux, de plus en plus fort. De la salive dégoulinait et lui pendait au menton en épais filets de glaires qui tombaient lentement, tel un saut à l'élastique au ralenti.

Artie cilla et l'inconnu fut soudain sur lui. Ses mains avaient cédé la place à d'épaisses serres acérées dont il se servit pour déchirer la poitrine d'Artie tout en enfourchant sa victime allongée sur le dos. Le corps d'Artie s'embrasa sous l'effet de ce qui ressemblait à des couteaux enflammés plongés dans son ventre, rongeant les organes tout en le cuisant de l'intérieur. À présent il ne faisait plus de doute qu'il était incapable de bouger, et il était hors de question de hurler puisque ses poumons n'avaient pas seulement été perforés, mais complètement déchiquetés.

L'homme devenu bête arrêta de lui déchirer le torse et se pencha tout contre son oreille, lâchant de nouveau le redoutable son, mais cette fois avec une violence assourdissante. Il leva la tête et montra ses crocs une fois encore avant de replonger pour arracher un énorme morceau du cou d'Artie. Dans le corps de ce dernier, la chaleur se transforma en glace, et il se sentit partir comme si tout son être était englouti.

19

Artie ouvrit les yeux sur une lumière blanche, brillante, et il ressentit une vive brûlure tandis qu'une substance chaude et visqueuse s'y infiltrait. Il porta les mains à ses yeux et se mit à les frotter, prenant tout à coup conscience que non seulement il n'était pas paralysé et en mille morceaux, mais qu'en outre il ne se trouvait plus dans la pièce plongée dans l'obscurité.

Il ne tarda pas à se rendre compte qu'il était inutile de se frotter les yeux, que cela permettait au contraire à toujours plus de la substance gluante de s'infiltrer sous ses paupières. Il ôta les mains de son visage pour s'apercevoir qu'elles étaient couvertes de graisse, et quand il essaya de faire un pas, il sut exactement où il se trouvait. Il était de retour dans le garage aménagé en appartement, ce qu'il fut à même de confirmer quand il réussit à entrouvrir les yeux. Tandis qu'il recouvrait la vue, il vit qu'il était entièrement recouvert de grains de maïs blanchâtres et huileux.

Il avait dû bel et bien rêver la scène qui venait de se jouer entre lui et l'inconnu sur le sol de béton plongé dans l'obscurité, sauf que ce n'était pas l'impression qu'il en avait. Artie sentait toujours la douleur fantôme dans son cou et la chaleur qui embrasait son corps du fond de ses tripes. Il pensa que s'il avait éprouvé de la lassitude et de la colère avant cela, à présent ces émotions avaient atteint un degré incommensurable. La volonté d'anéantir le mystérieux petit gros le consumait, tandis qu'il enfonçait le mur de pop-corn devant lui, écrasant les grains de maïs sur son corps gras et huileux.

Plus il gagnait du terrain et plus le claquement sec et sourd du pop-corn sur son passage se faisait plus sonore jusqu'à en devenir assourdissant, mais Artie entendait toujours quelque chose à travers le vacarme. Il fit une pause, arrêtant ainsi le fracas de son avancée pour écouter, et même si le son lui était plus que familier, il ne comprenait pas pourquoi il n'arrivait pas à l'identifier. Alors, cela le frappa. Le pop-corn. C'était le bruit du maïs soufflé crépitant quelque part juste au-dessus de la mer de pop-corn dans laquelle il se frayait un passage.

Artie se remit à avancer avec une énergie accrue, sachant que s'il n'atteignait pas ce crépitement pour l'arrêter, le pop-corn deviendrait de plus en plus compact, freinant encore davantage sa progression. Pire encore, si le pop-corn n'arrêtait pas d'éclater, cela l'empêcherait non seulement d'avancer, mais son volume ne cesserait de croître, lui barrant la route et l'obligeant à rebrousser chemin. Il ne pensait pas que le pop-corn puisse former une masse suffisamment épaisse pour l'écraser sous son poids, mais il pouvait très bien l'asphyxier s'il n'y prenait garde.

Le crépitement s'intensifia brusquement, non par le bruit qu'il faisait, mais par sa vitesse et sa fréquence. La peur commença à s'emparer d'Artie tandis que le crépitement devenait continu et que le mur de pop-corn cédait de moins en moins sous ses efforts. Il avait tort de croire qu'il était impossible de périr écrasé sous le pop-corn alors qu'il en sentait désormais le poids croissant peser sur lui, toujours plus. Il s'accroupit quand le cocon floconneux et huileux s'épaissit et durcit autour de lui tandis qu'il se creusait la tête pour se sortir de là au plus vite. L'idée loufoque de se frayer un chemin en mangeant lui traversa l'esprit. Artie la rejeta aussitôt, prenant conscience que s'il commençait à penser ainsi cela voulait dire qu'il commençait à paniquer.

À travers crépitements et crépitations, Artie entendit le bruit de succion caractéristique du son désormais familier que produisaient les lèvres humides de l'inconnu. Entendant cela, il libéra la force cachée qu'il tenait en réserve pour des crises comme celle qu'il vivait en ce moment. Toujours accroupi, il s'élança ; ses jambes le projetèrent avec la force de ressorts hélicoïdaux industriels, et Artie fut surpris de trouver une prise suffisante sur un sol pourtant enduit d'un produit à base de beurre artificiel.

Son corps fila à travers le mur de pop-corn comme un missile lancé d'un sous-marin. Quand il sentit qu'il perdait son élan, Artie se servit de ses bras, tentant un semblant de brasse pour se propulser plus avant. Plus il avançait et plus le pop-corn devenait incroyablement épais, et il se mit à agiter rageusement les jambes et les bras comme s'il nageait pour sauver sa peau alors qu'un grand requin blanc le pourchassait.

Artie ferma les yeux pour se protéger à la fois du sel et du beurre et, lançant ses bras pour repartir à l'assaut, s'aperçut que de l'air lui caressait les doigts. Il lutta pour passer entièrement les mains, puis s'agrippa aux bords du petit trou qu'il avait creusé afin d'obtenir l'effet de levier dont il avait besoin pour s'extraire.

Quand il passa la tête par l'ouverture, Artie haleta, aspira une bouffée d'air frais, puis il fut pris d'une quinte de toux à cause de plusieurs grains de maïs qui s'étaient égarés dans sa gorge et qu'il dut recracher. Il avait fait tant d'efforts pour se libérer qu'il ne s'était même pas rendu compte que le pop-corn avait déjà commencé à l'asphyxier. Une fois la tête à l'extérieur, il fut en mesure de se faufiler par le délicieux utérus improvisé et d'atterrir sans douceur sur ce qui ressemblait au linoléum frais d'une cuisine.

Sa vision était floue à cause de résidus de pop-corn, et Artie s'employa à ciller pour les chasser, conscient que le fait de se frotter les yeux avec ses doigts graisseux n'était pas la solution. Il regarda autour de lui, chaque clignement rendant la pièce plus nette jusqu'à ce qu'il puisse voir distinctement. Il avait raison, il était bien dans la cuisine, et assis à la table, en train de le regarder, se tenait l'inconnu. Éparpillés sur la table il y avait cinq *Dégraissant pour cheveux gras, fer à lisser et machine à pop-corn* [VU À LA TÉLÉ].

Également sur la table, devant son ennemi, se trouvait un bol de pop-corn en plastique jaune. Curieusement, il n'y avait pas pop-corn dans le reste de la cuisine, à part quelques grains de maïs qui étaient restés collés à Artie quand il s'était échappé, et qui à présent jonchaient le sol autour de lui. L'inconnu prit un grain de pop-corn dans le bol, le mit dans sa bouche, et mâcha lentement avant de reporter son attention sur Artie.

— Bien, dit-il. Enfin prêt à parler ?

20

Artie n'avait pas choisi d'être un meurtrier, mais il avait choisi de ne pas se faire attraper. Dès le départ, il avait pris des précautions que les autres tueurs, même les plus expérimentés, n'avaient jamais pensé à prendre ou n'avaient jamais réussi à mettre en œuvre. Soit ça, soit ils avaient été désinvoltes, désireux d'arrêter, ou de se faire attraper parce qu'ils n'avaient plus rien à prouver. Artie n'était pourtant pas parfait, et, bien entendu, il avait commis des erreurs au fil du temps, mais rien qui ne lui ait jamais nui.

Même s'il s'en était fallu de peu au début, il avait réussi à s'en sortir indemne sans attirer l'attention des forces de l'ordre. Il s'enorgueillissait de n'avoir jamais laissé la moindre trace de son ADN sur ou autour de ses victimes, mais c'était surtout dû au fait qu'il amenait ses victimes chez lui pour les « éliminer correctement » comme il disait.

Artie n'avait jamais été arrêté, pas même pour excès de vitesse, aussi n'y avait-il aucune trace de lui dans quelque base de données que ce soit. Il n'avait jamais été amené à ce qu'on lui prenne ses empreintes ou prélève de la salive, et, à sa connaissance, il n'avait absolument jamais été suspecté de près ou de loin dans l'un des meurtres qu'il avait commis. Chose incroyable pour quelqu'un qui comptait plus d'une centaine d'assassinats à son actif, Artie avait réussi à ne pas se faire remarquer.

Artie ne se considérait pas comme chanceux en soi, mais d'un autre côté il n'avait jamais cru en la chance ni beaucoup réfléchi à ce qui faisait qu'il était resté si longtemps sans que rien ne vienne entacher son casier judiciaire. Il était réellement convaincu que seuls son organisation et son savoir-faire lui avaient toujours permis de garder une longueur d'avance sur la police. Pas une seule fois il n'avait envisagé que ce puisse être autre chose que son savoir-faire qui l'ait empêché de se faire attraper.

Artie n'avait pas réfléchi à la possibilité que quelqu'un ou quelque chose puisse se manifester d'une manière ou d'une autre car il n'y avait aucune raison pour cela. Il n'avait pas d'amis et se gardait toujours de devenir autre chose qu'une simple connaissance, quelles que soient ses fréquentations dans les villes qu'il avait habitées à un moment ou à un autre. Même avec ses voisins actuels, désormais morts tous deux, il avait gardé ses distances, ne les autorisant qu'à de brèves et superficielles interactions avec lui. À part ça, Artie interagissait avec Donna chez Bloomwalls plus qu'avec tout autre personne en ville, et le risque était inexistant qu'elle soit capable de le reconnaître.

Telles étaient les pensées qui tourbillonnaient dans la tête d'Artie tandis qu'il levait les yeux vers la boule de graisse huileuse assise à table en train de manger du pop-corn.

— Parler ? Artie toussa plus qu'il ne parla, puis recracha encore quelques grains de maïs du fond de sa gorge. Parler de quoi ? Vous… vous êtes qui d'abord ? Qu'est-ce qui se passe ?

Artie tenta de se lever tout en fulminant, mais la graisse huileuse qui recouvrait la moindre parcelle de son corps l'empêcha de trouver l'appui dont il avait besoin pour se redresser. Ses mains glissèrent de part et d'autre devant lui, et son menton heurta suffisamment fort le linoléum pour lui faire voir trente-six chandelles, mais il était hors de question de s'évanouir.

Tout son corps se crispa sous l'impulsion électrique de la douleur qui parcourut sa mâchoire pendant que l'inconnu demeurait attablé en mangeant calmement du pop-corn, un grain après l'autre. Il observa Artie glisser et lutter une deuxième puis une troisième fois avant de parvenir à se relever. L'effort qu'Artie venait de fournir le laissa pantelant et à bout de souffle.

— Assieds-toi, dit l'inconnu en lui indiquant la chaise face à lui. Sa voix était plus grave que dans le souvenir d'Artie.

— Réponds-moi ! hurla Artie, incapable d'empêcher sa voix de se briser.

L'inconnu se débarrassa du sel qui lui collait aux doigts en s'essuyant sur une serviette jusque-là posée sur ses genoux. Il recula sa chaise de la table et se tourna vers Artie.

— Tu peux m'appeler… Art.

Les paroles de l'inconnu furent prononcées sur un ton suffisamment monocorde pour leur ôter toute signification, aussi fallut-il à Artie quelques secondes pour les assimiler.

— Art ? Sérieusement ? Ce ne serait pas par hasard le diminutif d'Artie, si ?

Artie avait enfin repris totalement ses esprits depuis qu'il avait failli mourir étouffé sous une avalanche de pop-corn, et il se rappela la raison de présence en ce lieu.

— En fait, si.

L'envie de tuer ce petit gros huileux et de lui fermer définitivement sa grande gueule submergea Artie au point de passer à l'acte, mais elle s'évanouit aussi vite qu'elle lui était venue. On aurait dit qu'il avait brusquement oublié ce qu'il s'apprêtait à faire, et Artie s'efforça d'en saisir le fantôme du souvenir.

— Bien, Artie, dit l'être qui s'appelait lui-même Art en sautant de sa chaise. C'est moi qui vais parler, et j'aimerais que tu te taises et que tu écoutes.

Trois grains de maïs esseulés jaillirent d'une des machines posées sur la table et Artie ne put s'empêcher de sursauter. Il le regretta aussitôt.

21

— T'es-tu jamais demandé pourquoi tu es comme tu es ? Pourquoi tu fais ce que tu fais ?

Artie serra les dents et tint sa langue. Dans l'immédiat il laisserait à « Art » la chance de s'expliquer, pendant qu'il examinerait la petite cuisine à la recherche de quelque chose qu'il pourrait utiliser à son avantage quand il estimerait le moment venu.

— C'est grâce à moi, poursuivit Art. Art est le diminutif d'Artie parce que, même si techniquement parlant je ne suis pas toi, je fais partie de toi.

Artie ne put s'empêcher de lever les yeux au ciel.

— Oh, je sais que ça a l'air absurde, dit Art en essuyant du dos de la main la bave au coin de ses grosses lèvres humides, étalant des grains d'une croûte blanche à moitié sèche sur sa joue. Cependant, c'est la vérité. Je suis l'envie irrépressible, l'impulsion, le murmure. Au départ j'étais la raison pour laquelle tu tuais, mais depuis je suis devenu ce qui te permet de tuer.

La rage d'Artie augmentait au fur et à mesure que les mots sortaient de la bouche visqueuse du nain bouffi. Rien ni personne ne lui *permettait* de faire quoi que ce soit. Artie avait la maîtrise totale de ses actes.

— Je sais que tu penses que c'est toi qui contrôles tes propres impulsions. Tu crois que tu choisis tes victimes, et que tu distilles la souffrance à ta guise, mais je crains que ce ne soit pas le cas.

D'après ce qu'Artie voyait, les seuls ustensiles dignes de servir d'armes se trouvaient à l'autre bout de la cuisine, juste derrière Art. Une poêle en fonte posée sur la cuisinière, et un bloc de couteaux poussé contre le mur, dissimulé dans l'ombre des placards suspendus. Artie était convaincu de pouvoir causer assez de dégâts avec l'un ou l'autre, mais il n'était pas certain de conserver son équilibre s'il devait se déplacer rapidement.

— Laisse-moi t'expliquer, commença Art.

— Je t'en prie, siffla Artie entre ses lèvres closes.

Art marqua une pause et les grosses limaces qui lui servaient de lèvres se retroussèrent lentement, faisant s'effriter et tomber tels des flocons de neige répugnants la croûte blanche qui s'y était accumulée dans les coins.

— Comme je disais, (Art se lécha ses lèvres brillantes) laisse-moi t'expliquer. Il y a quelque chose à l'intérieur des gens comme toi, mais pas chez tout le monde. Je comprends que c'est une croyance communément admise que le commun des mortels a comme une sorte « d'instinct meurtrier » inscrit dans ses gènes ou sa psyché, que des milliers d'années d'évolution et de civilité ont inhibé. Rien ne saurait, je te l'assure, être plus loin de la réalité parce que, si tel était le cas, l'espèce humaine dans son ensemble se serait anéantie depuis longtemps.

Artie écoutait à moitié, s'efforçant toujours d'élaborer la manœuvre la plus efficace pour rencontrer le moins de résistance possible. Art essuya du dos de son autre main les gouttes de sueur huileuses qui perlaient sur son front, faisant éclater plusieurs boutons au passage.

Pour la deuxième fois, Artie entendit avec irritation le claquement si caractéristique de la peau tendue des petites protubérances blanches se rompre sous la pression. En d'autres circonstances les minces filets de pus mêlé de sang qui s'écoulaient lentement des plaies de la taille d'un trou d'épingle sur le front d'Art l'auraient dégoûté, mais pour l'heure il demeura impassible.

— Ce qui fait que les gens tuent, ce qui leur *permet* d'accomplir un acte jugé des plus odieux n'est pas quelque chose en sommeil à l'affût du moment propice pour réveiller cette sinistre envie impérieuse et les transformer en machine à tuer. C'est en réa…

— En réalité c'est toi, l'interrompit Artie. C'est bien ça que tu essaies de me dire, hein ? Si les gens tuent c'est uniquement parce que *toi* tu le leur permets ?

Les lèvres violacées, croûteuses et flasques d'Art se crispèrent puis se retroussèrent, et Artie tressaillit involontairement tandis que son cerveau anticipait un son qui ne sortit pas. Il délaissa les lèvres d'Art pour regarder ses yeux, à temps pour voir la dernière lueur de frustration disparaître. Artie estima qu'Art appliquait probablement une méthode pour maîtriser ses impulsions colériques, comme de compter jusqu'à dix ou l'une des nombreuses autres façons apprises dans un cours de gestion de la colère ordonné par un tribunal. Cette démonstration de discipline l'impressionna.

— Non, Artie.

Les mots tombèrent comme des oisillons morts d'un nid abandonné, et Art marqua un temps d'arrêt, anticipant une autre interruption. Comme rien ne vint, il reprit :

— Je ne suis pas un dieu de la mort omniprésent. Je suis ton envie irrépressible à toi, et à toi seul, de la même façon que les autres assassins ont leur propre envie irrépressible rien qu'à eux. Chaque fois qu'un individu en tue un autre, même par accident, c'est parce que cet individu en ressent l'envie irrépressible, et qu'il en ait conscience ou non, cette envie doit être assouvie ou elle agira d'elle-même. Dans de nombreux cas, principalement les meurtres accidentels, cette envie est rassasiée une bonne fois pour toutes et reste en sommeil. Dans d'autres cas, comme le tien, cette envie ne se satisfait pas si facilement et demeure active bien plus longtemps. Parfois même tant que l'individu est en vie.

Artie sentit ses jambes s'écarter tandis que ses chaussures glissaient sur la nappe d'huile aromatisée au beurre dont il ne s'était pas rendu compte qu'elle avait lentement gagné du terrain jusqu'à le rattraper. Il regarda derrière lui le mur de pop-corn qui s'élevait du sol au plafond, mais il paraissait fictif et sinistre, comme un élément de décor pour un film sur un snack-bar hanté ou une entreprise de pop-corn. De la graisse jaunâtre passait sous le mur et s'écoulait, déterminée à recouvrir le sol tel un pétrolier cassé en deux s'évertuant à noircir la mer.

— Une métaphore serait la meilleure manière de décrire la relation entre ces gens-là et leur envie bien spécifique, mais même ainsi ce ne serait pas totalement exact, poursuivit Art. Les deux, soit l'individu et l'envie, dépendent de l'un de l'autre pour vivre, sans pour autant se nourrir l'un de l'autre. L'individu a besoin de tuer parce qu'il possède cette envie en lui, et l'envie a besoin de l'individu pour tuer parce qu'elle est en lui.

— Voilà que tu essaies de m'embrouiller, Art, risqua Artie sur un ton sarcastique, espérant détourner l'attention de l'imposteur en interrompant son raisonnement.

— Pour le dire simplement, ils tuent parce que s'ils ne le font pas aucun des deux ne peut survivre.

— Qu'est-ce qui arrive si tu as l'envie, ou quoi que ce soit d'autre, et que tu ne tues pas ? Qu'est-ce qui arrive si tu parviens à lui résister à la fois consciemment et inconsciemment, hein ? Qu'est-ce qui se passe dans ce cas ?

Le sourire lippu et suffisant d'Art télégraphia la réponse à Artie avant qu'il ait ouvert la bouche.

— Ce n'est jamais arrivé.

Le sourire d'Art s'élargit et découvrit ses dents tachées de jaune et de marron.

— Personne n'a jamais résisté à cette envie.

Puis son sourire explosa en un éclat de rire tonitruant.

22

Le gloussement d'Art emplit non seulement la petite cuisine, mais il satura tout l'espace jusqu'à ce que les oreilles d'Artie se mettent à siffler et que le rire s'apparente au gémissement incroyablement aigu d'un sifflet à ultrasons. La stridence était déconcertante, et dans le cerveau d'Artie une douleur de la taille d'une épingle s'épanouit jusqu'à lui envahir la tête de la même façon que le rire emplissait la cuisine. La vision d'Artie devint floue et il ne put rien faire d'autre que vibrer, comme si après l'avoir fait rapetisser on l'avait mis dans un mélangeur de peinture.

Ses genoux cédèrent et il fit un pas en arrière sur son pied gauche pour ne pas perdre l'équilibre. Il ferma les yeux, faisant de son mieux pour se concentrer et rester conscient tout en tentant de faire sortir la douleur de sa tête ou, à tout le moins, de l'endurer le plus longtemps possible, assez longtemps pour s'attaquer à la canaille qui se faisait appeler Art.

Quand le rire s'arrêta, la pression, tant dans la tête d'Artie que dans la cuisine, diminua tel un ballon qui se dégonfle. Artie ouvrit les yeux pour découvrir qu'il voyait de nouveau nettement, même si sa vision latérale demeurait un peu floue. Il ne se donna pas le temps de la réflexion, par peur de rater l'occasion qui lui était offerte, et passa à l'action. Du moins essaya-t-il de passer à l'action car, en faisant un pas en arrière, il avait mis son pied droit dans la marée au beurre qui progressait insidieusement.

Il s'en rendit compte quand il prit appui sur ce même pied pour parcourir d'un bond la courte distance qui le séparait d'Art, mains tendues afin de le saisir par son cou gras et moite. Cependant Artie ne trouva aucune prise pour s'élancer, sa jambe glissa vers l'arrière et il retomba par terre, mais cette fois à la façon d'une danseuse faisant le grand écart. Bien qu'il soit souple et en pleine forme, il fut pris au dépourvu et la décharge électrique qui embrasa son ventre résonna comme le signe révélateur d'une élongation de l'aine.

Artie porta les mains à son entrejambe tandis qu'il tombait sur le côté et s'enroulait en position fœtale. La douleur fut trop vive pour qu'il puisse y faire quelque chose, mais le fait d'avoir les mains serrées à proximité lui apporta un léger réconfort. Il espéra qu'elle allait s'estomper ou qu'il serait en mesure de la combattre, mais elle était trop aiguë et tenace. Artie se tourna sur l'autre côté, faisant ondoyer de fortes vagues la marée jaune et gélatineuse à l'arôme gras et huileux. En tombant il avait perdu de vue Art, et malgré la douleur brûlant son entrejambe, Artie voulut le récupérer sans tarder dans sa ligne de mire.

Avant d'être en mesure de le faire, les lumières s'éteignirent de nouveau, mais seulement quelques secondes, puis elles se rallumèrent, avant de s'éteindre une fois encore, et ainsi de suite tel un stroboscope au ralenti. Lors des explosions lumineuses entre deux trouées d'obscurité, Artie aperçut Art debout à l'endroit exact où s'était trouvé. Son sourire avait disparu, ses yeux étaient mi-clos, et il applaudissait lentement. Les lumières de la cuisine s'allumaient et s'éteignaient chaque fois qu'il joignait les mains.

23

Le Capteur de Claquement de Mains n'était pas le premier produit estampillé [VU À LA TÉLÉ], mais c'était le plus populaire. C'était la première chose qui venait à l'esprit quand on parlait de [VU À LA TÉLÉ], et pas parce que tout le monde en possédait un. Des millions et des millions du *Capteur de Claquement de Mains* avaient été vendus rien qu'aux États-Unis, aussi était-il tout à fait plausible que cinq personnes sur cinq possèdent ou aient possédé cet article.

Même si c'était un excellent produit et que certains le décrivaient comme « révolutionnaire », *Le Capteur de Claquement de Mains* n'était pas sans défauts. Si l'on tapait dans les mains, il obéissait, éteignant ou allumant la lumière selon le cas, mais il le faisait tout autant si l'on toussait ou riait, si le chien aboyait, si l'on fermait une porte, ou si quelqu'un frappait à la porte, ou si résonnait la télévision. Les gens le savaient, mais ne s'en précipitaient pas moins en masse pour acheter le

« produit miracle » comme les bovins décérébrés qu'ils étaient.

C'était ce jingle. C'était ce putain de jingle. La simplicité, la répétition, le plaisir de taper dans ses mains, tout cela constituait les parfaits ingrédients pour envoûter un public qui se laissait facilement subjuguer. Comme la plupart des drogues, l'essayer c'était l'adopter. Si vous parveniez à échapper au chant des sirènes du *Capteur de Claquement de Mains* et à ne pas l'acheter, le jingle prenait sa revanche en tournant en boucle dans votre tête pendant des jours, voire des semaines.

Peu de gens savaient que *Le Capteur de Claquement de Mains* existait depuis les années cinquante et avait servi de produit phare au label [VU À LA TÉLÉ] pour lancer un millier d'autres articles. À son apogée, *Le Capteur de Claquement de Mains* était présent dans tous les magasins. Personne ne pouvait l'ignorer et personne ne le voulait.

Le Capteur de Claquement de Mains passa lentement au second plan, mais il ne disparut jamais et ne disparaîtra jamais. Grâce à la stratégie marketing géniale du « berceau jusqu'à la tombe », il y aura toujours une nouvelle génération pour l'acheter, encore et toujours.

24

La mère d'Artie avait acheté un *Capteur de Claquement de Mains* quand il était très jeune, mais elle l'avait installé dans une pièce rarement utilisée. C'était une chambre d'amis que sa mère gardait impeccable, affirmant « On ne sait jamais, quelqu'un peut arriver sans prévenir ». La mère d'Artie tenait à ce que la porte en soit fermée en permanence, aussi ne pouvait-il même pas voir du couloir opérer la magie du *Capteur de Claquement de Mains*.

Une nuit alors que sa tante Carole était chez eux, Artie se glissa dans le couloir après avoir été censé se coucher. Il s'assit devant la porte, observant la lumière filtrer par en dessous, et il attendit. Il attendit plus d'une heure pendant que sa tante lisait sans aucun doute la Bible ou brodait, mais cela en valut la peine quand Artie entendit deux discrets claquements de mains. La lumière disparut, et l'obsession du petit garçon fut rassasiée pour un temps. Il retourna se coucher, mais fut incapable de trouver le sommeil. Il se repassa encore et encore le souvenir de la lumière disparaissant sous la porte.

Le lendemain matin au petit-déjeuner, la mère d'Artie alla voir sa sœur qui ne s'était pas encore montrée depuis qu'elle avait été appelée à table. Quelques secondes plus tard, il entendit sa mère hurler et demander à maintes reprises à Dieu « Pourquoi ? ».

Artie se figea, trop épouvanté pour voler au secours de sa mère. Il resta à table, les yeux rivés à son assiette pendant les vingt minutes qu'il fallut à sa mère pour se reprendre suffisamment et appeler à l'aide. Tante Carol était morte pendant la nuit, sans raison, sans que rien ne le laisse prévoir. Un médecin dit à Artie et à sa mère qu'un embole était venu se loger dans son cerveau, provoquant aussitôt la mort, et que c'était très triste, mais plus courant qu'on ne le pensait.

La mère d'Artie ne put s'arrêter de pleurer pendant ce qui lui parut une éternité, mais il ne put rien faire d'autre que garder les yeux baissés tout en affichant un visage sombre. Il fut incapable de se mettre à pleurer comme sa mère, non parce qu'il essayait d'être fort pour la soutenir, mais parce qu'il ne ressentait aucune tristesse. Il savait qu'il était censé être triste, et il s'efforça d'éprouver cette émotion qu'il voyait transparaître sur le visage des gens, mais il s'en révéla incapable. À la vérité, la mort de sa tante ne l'affectait en rien. Il n'y pensait pas autrement qu'en se disant que c'était un événement qui s'était produit ce jour-là.

Ce à quoi Artie pensait ou, plutôt, ce qui l'obsédait, c'était *Le Capteur de Claquement de Mains*. Il ne pouvait s'empêcher de penser que la dernière chose que sa tante avait faite avant de mourir avait été d'utiliser *Le Capteur de Claquement de Mains*, et il l'enviait pour cela. Il ne pouvait qu'espérer mourir un jour de cette manière proprement remarquable et que son dernier geste serait d'une aussi grande importance.

Malheureusement, sa mère ferma définitivement la chambre d'amis en hommage à sa sœur ; elle-même ne put plus y entrer, et encore moins y allumer et éteindre la lumière avec ou sans l'aide de la technologie. À la fin de cette année-là, le père d'Artie décida de déménager dans une autre maison à l'autre bout de la ville. Elle n'était pas aussi jolie que leur maison précédente, et pis encore, sa mère n'emporta pas avec eux *Le Capteur de Claquement de Mains*.

25

Art arrêta ses lents applaudissements condescendants, laissant allumée la faible lumière qui éclairait la cuisine. La douleur à l'aine d'Artie saturait les récepteurs sensoriels de son cerveau, mais une brusque décharge d'adrénaline, mêlée au peu d'endorphines toujours présentes dans son système nerveux, aida une nouvelle fois à émousser le bord le plus affûté de ses sensations. Ce petit répit lui permit de se propulser sur le côté et de se retrouver en position assise face à Art.

— Es-tu prêt à me laisser finir, commença Art, ou veux-tu la rejouer à glisse-et-tombe ? C'est à toi de voir, mais je ne suis pas sûr qu'il soit sage d'aggraver davantage la blessure que tu t'es infligée tout seul !

Artie transperça du regard la tête du petit gros, et il s'imagina la transpercer avec quelque chose de plus solide et de plus tranchant, par exemple l'une des épées qu'il conservait dans son « plancher d'abattage ». Il ne s'en servait pas souvent, mais il était parfois amusant de jouer au chevalier ou au samouraï.

— Je sais que tu souffres. Je t'ai déjà dit que je fais partie de toi, poursuivit Art. Je sais ce que tu ressens, mais je choisis de ne pas le ressentir moi aussi, au cas où ce serait ta prochaine question.

— Contente-toi d'aller droit au but ! aboya Artie qui ne se souciait plus d'essayer de conserver son sang-froid. Alors quoi, tu es l'envie irrépressible à l'intérieur de moi qui me pousse à tuer ? Bien. On s'en fout ! Que veux-tu que je fasse ? Que j'arrête ? C'est ça ?

Art pris une poignée de pop-corn dans le bol, l'engouffra goulûment, et mâcha la bouche ouverte, laissant ainsi tomber plus de grains de maïs sur sa chemise qu'il n'en avalait.

— Premièrement, dit Art à travers une bouchée de flocons blancs à moitié mâchonnés, je ne te pousse pas à tuer, je te laisse le faire, et je ne veux surtout pas que tu arrêtes. En fait, je veux plutôt que tu tues davantage et plus souvent.

Artie ne comprenait pas où qu'Art voulait en venir, mais plutôt que de le rendre perplexe cela ne fit qu'augmenter sa colère. Si cet individu, ou cette chose, ou peu importe ce qu'était Art, voulait qu'il tue plus de gens, pourquoi ne le disait-il pas tout simplement ? Artie aurait pu être dehors à l'heure qu'il était, en train de faire précisément cela et d'y prendre du plaisir, au lieu d'être assis dans un substitut de beurre gras à essayer de se débarrasser de la douleur enfouie au plus profond de son entrejambe.

— Okaaaaay.

Artie étira le mot, tout en s'assurant de maîtriser sa voix avant d'aller plus loin. S'il pouvait montrer à Art qu'il n'était plus contrarié, celui-ci pourrait peut-être baisser sa garde assez longtemps pour qu'il ait raison de lui.

— Et il n'y avait pas de meilleur moyen de me le faire savoir ? Je veux dire, si tu fais partie de moi, on devrait pouvoir parler de tout, à tout moment. Je suis acquis à l'idée d'accélérer les choses, mais il va falloir planifier tout ça avant de…

— *On*, l'interrompit Art en chassant les grains de pop-corn collés à sa poitrine et à son estomac. Tu vois, Artie, C'est ça le problème. Ça a toujours été *on*. Toi et moi, moi et toi, jour après jour pendant toutes ces années, nous deux on a toujours été *on*.

Artie ne goûta guère la soudaine froideur du ton que prenait Art. Il rebascula en mode alerte maximale tandis que ce discours lui donnait la chair de poule et, sans le vouloir, haussa les épaules en réaction au froid qui l'enveloppait. Il vit Art sourire en réponse à ce léger tressaillement, l'interprétant comme le signe d'une nouvelle faiblesse. Artie ne se rendit presque pas compte que cette sensation de froid qui le parcourait atténuait encore sa douleur à l'aine, la rendant presque supportable.

— Au cas où tu ne l'aurais pas encore compris, et je suis sûr que tu as pigé puisque tu es si malin, reprit Art, le temps est venu de dissoudre notre duo et de jouer solo. Je crains que tu ne nuises à ma créativité, Artie, et j'ai besoin d'être libre pour concrétiser ma vision de ce que j'espère accomplir dans l'avenir. Malheureusement, tu ne fais pas partie de cette vision.

— Et alors ? C'est tout ? s'exclama Artie qui n'essayait plus de conserver son calme. Tout ça parce que tu veux *rompre* avec moi ? Parfait ! Qu'est-ce que j'en ai à foutre ? Je n'ai pas besoin de ton aide, de ta permission ou que tu me pousses à faire quoi que ce soit. Je suis sûr que je m'en sortirai très bien tout seul.

— J'ai bien peur que tu me comprennes mal une fois encore.

Art parlait sur un ton incroyablement plus glacial, enfonçant chaque mot dans la poitrine d'Artie comme s'il s'agissait de stalactites fines et tranchantes.

— Toi et moi, on ne peut pas cohabiter. C'est l'un ou l'autre, et par l'un, je veux dire moi. Il n'y a pas de place pour un autre.

Les muscles de l'abdomen d'Artie se contractèrent, rallumant la douleur qui lui enflammait l'aine tandis qu'il prenait pleinement conscience de ce qu'Art disait. Quand ce dernier sortit un couteau de cuisine couvert de rouille qu'il avait caché derrière son dos, le doute ne fut plus permis.

26

Artie mit du temps à saisir ce que son cerveau lui soufflait, comme s'il y avait une sorte de décalage entre ses synapses, mais il reconnut le couteau. Il n'était d'ailleurs pas couvert de rouille. C'était du sang séché. Il jeta un nouveau coup d'œil par-dessus l'épaule d'Art, mais il savait déjà ce qu'il allait voir. Il manquait désormais une lame au bloc de couteaux posé dans l'ombre des placards suspendus.

Artie connaissait bien le couteau que brandissait Art parce qu'il lui avait appartenu. Quand il était plus jeune et qu'il commettait des erreurs dont il avait depuis tiré les leçons, ce couteau avait été son arme de prédilection. Il savait à présent qu'il était stupide de se limiter ainsi, mais c'était avant d'en apprendre davantage. À cette époque Artie s'efforçait encore de découvrir pourquoi il avait besoin de tuer des gens, mais il savait qu'il aimait se servir de ce couteau.

Il aimait la façon dont les poumons de ses victimes se rétractaient, se vidant de leur souffle à la vue de ce couteau, juste avant qu'il ne l'utilise pour les perforer. C'était une arme peu maniable qui laissait beaucoup de place à l'erreur, mais Artie avait retiré une joie inexplicable à s'en servir, au moins pendant un temps.

— Tu te souviens de ce couteau ? Inutile de répondre. Je sais déjà que tu t'en rappelles.

Art ne marqua pas de pause pour permettre à Artie de répondre, apparemment c'était inutile.

— Tu te souviens des dégâts que tu causais toujours avec, et que ça n'avait vraiment aucun sens de continuer de t'en servir à l'envi ? Tu te souviens… ce n'est pas passé loin ?

Art formulait des questions, mais ses paroles résonnaient comme des affirmations. Artie commençait à comprendre où il voulait en venir. Désormais ce qu'avait voulu dire Art en déclarant qu'il avait laissé Artie tuer devenait limpide ; il le laissait aussi s'en tirer tout seul.

— Tu te souviens de la rousse au mo…

— Oui, je m'en souviens ! explosa Artie sans laisser à son pousse-au-crime le temps de finir sa phrase.

Même s'il n'y avait plus pensé depuis des années, Artie se rappelait parfaitement cette fois-là. À l'époque il ne maîtrisait pas aussi bien l'aspect organisation et logistique, mais il n'était pas sorti avec l'intention de tuer cette rouquine. Elle s'appelait Heather, et il flirtait avec elle au bar depuis quelques semaines. Un soir, son travail porta ses fruits sous la forme d'une séance de bécotage enflammée dans les toilettes des dames qui s'était vite transformée en un petit tour au motel, quelques pâtés de maisons plus loin.

Tuer était la dernière chose qu'Artie avait en tête ce soir-là, et le genre de désir qu'il éprouvait n'avait aucunement pour but de faire du mal à Heather. Artie était allé dans le petit bureau et avait rempli la fiche sous un faux nom, uniquement parce qu'il l'avait vu faire au cinéma et que ça l'avait amusé. Il était désormais Cleveland Stefanopolis, et il dit à l'employé qu'avec sa future femme ils s'arrêtaient pour la nuit en allant à Las Vegas pour se marier. L'employé ne daigna même pas faire semblant de s'y intéresser alors qu'il glissait la clé de la chambre six sur le comptoir crasseux en Formica.

Artie alla garer la voiture au parking, et l'instant suivant ils étaient dans la chambre, engagés dans un tourbillon de passion lubrique. Sans savoir pourquoi, l'état d'esprit d'Artie passa du désir à la violence à l'encontre de la fille qu'il avait conquise après tout ce temps. Il fit de son mieux pour refouler son envie. Il s'efforça de la repousser sous l'excitation de la conquête sexuelle, mais cela ne fit qu'empirer les choses. L'envie de tuer s'amplifia irrémédiablement avant qu'Artie ne se rende compte qu'il s'était évanoui.

Plus tard, sans qu'il puisse dire combien de temps s'était écoulé, il se retrouva à côté du lit, nu, debout devant le corps à peine reconnaissable d'Heather. Il était maculé d'éclaboussures sanglantes dessinant divers motifs psychédéliques et, sur le lit, tout autour du cadavre d'Heather, nichées dans les plis des draps froissés, s'étalaient des flaques de sang. Les mains et les doigts d'Artie étaient entaillés, cisaillés, à cause des nombreuses fois où le manche du couteau, glissant de sang, lui avait échappé.

La chambre était dévastée. Elle était pour l'essentiel maculée de sang, et dans ses mains meurtries Artie tenait le couteau. Il ne se rappelait pas être allé le chercher dans sa voiture, mais il avait dû le faire puisqu'il était là.

À présent, le gobelin rondouillard qui était son double se tenait à quelques mètres de lui, brandissant ce même couteau.

— C'est ce jour-là que j'ai appris/réussi à te faire perdre le contrôle, dit Art. Ou plutôt, que j'ai réussi à prendre le contrôle, marquant ainsi le début de notre séparation. C'était un accroc presque imperceptible dans le lien censé nous attacher éternellement l'un à l'autre, mais c'était tout ce dont j'avais besoin pour entamer le processus.

Artie serra les dents et commença à bouger lentement, prudemment, pour se remettre debout sans glisser ni retomber à cause de la douleur lancinante qui lui irradiait le ventre. Il s'attendait à ce qu'Art se jette sur lui avant qu'il ait eu le temps de se relever et le découpe en morceaux avec le couteau que lui-même avait utilisé sur tant d'autres.

Art ne passa pas à l'attaque, mais il attendit patiemment qu'Artie trouve un point d'appui, récupère son équilibre et finisse par réussir tenir debout. Artie ne s'attendait pas à tant de retenue de sa part.

— Cette chambre de motel, poursuivit Art, n'était pourtant pas belle à voir. Tu as fait plus d'erreurs avec Heather qu'avec n'importe laquelle des victimes qui l'ont précédée.

— Ce n'est pas moi qui ai fait ces erreurs.

La tension d'Artie grimpa en flèche et son cœur battit la chamade telles des timbales désaccordées.

— C'est toi qui les as faites.

— Évidemment, mais à ce moment-là tu ne le savais pas. Bon sang, je le savais à peine moi-même, mais j'ai veillé à prendre soin de toi ou, plutôt, de nous.

— Prendre soin ? Ç'a été un coup de chance que nous… que *je* m'en sois tiré cette fois-là. Les policiers présents sur les lieux n'ont pas réussi à boucler la scène du crime avant que deux femmes de ménage, le gérant, un vigile et un clochard ne soient entrés dans la chambre avant l'arrivée des inspecteurs. Au final, rien de ce qui venait de la chambre n'a été recevable en justice. Ils n'avaient aucune preuve, aucune piste, aucun suspect. L'affaire a été classée avant même d'avoir le temps de dire ouf.

Artie serra les poings et ses ongles s'enfoncèrent dans les paumes de ses mains au point d'en percer la peau. Il sentit le sang couler le long de ses doigts et se rappela à quoi ressemblaient ses mains après cette nuit-là. Il se rappela le temps qu'il avait fallu pour qu'elles cicatrisent et la prudence dont il avait fait preuve pendant des semaines pour ne pas les montrer. Il s'était résolu à porter des gants chaque fois qu'il sortait de chez lui, ce qu'il avait évité au maximum.

Il en gardait des cicatrices qui, si elles s'étaient estompées au fil des ans, étaient toujours visibles quand on y regardait de près. Selon le temps qu'il faisait, ses mains le démangeaient et le brûlaient encore à cause de douleurs fantômes. Depuis, Artie avait acheté les *Gants hydratants avec brosse à dents électrique* [VU À LA TÉLÉ], et il était plus que satisfait du résultat. Une dépense pleinement justifiée.

— Tu as raison, dit Art avec un sourire narquois, tout cela est vrai, à l'exception d'une chose. La police n'avait pas de suspect à proprement parler, mais elle disposait d'un ADN prélevé sur les lieux qui ne correspondait à aucun de ceux qui avaient contaminé la scène du crime. Malheureusement, cet ADN ne correspondait à aucun de ceux présents dans la base de données nationale. Cette dernière conserve l'ADN de tous les condamnés, quelle que soit la nature de leur crime. Après cela, il fallait juste que je m'assure que la police ne soit jamais amenée à prélever ton ADN, et comme tu le sais, elle ne l'a jamais fait.

La fureur d'Artie atteignit un niveau jamais encore égalé, et il plissa les yeux jusqu'à ne plus voir que le visage gras et boutonneux d'Art affichant une suffisance exaspérante. Artie ne voulait pas poser davantage de questions, ni entendre quoi que ce soit d'autre de ce qu'Art avait à dire au sujet de leur vie commune présumée.

Il ne pensait qu'à une seule chose : tuer Art.

Artie plia les genoux et se jeta en avant, curieusement sans glisser sur la substance visqueuse qui avait recouvert la quasi-totalité du sol. Il n'était pas sûr de ce qu'il ferait une fois qu'il se serait emparé de ce petit connard huileux, mais il ne doutait pas qu'il trouverait le moment venu.

Juste avant qu'Artie ne touche au but, Art tapa deux fois dans ses mains, plongeant la pièce dans l'obscurité. Artie sentit un pincement contre son sternum, puis de sa poitrine à son ventre une courbe s'embrasa avant qu'il ne touche le sol.

27

Artie s'enorgueillissait de toujours prendre les mesures supplémentaires nécessaires pour ne pas se faire attraper. Cela s'expliquait-il seulement parce qu'une force invisible ancrée en lui avait guidé sa main pendant tout ce temps ? C'était cette même nuit au motel qui l'avait amené à changer de mode opératoire, en commençant par se débarrasser du couteau, puis de faire profil bas pendant un bon moment.

Il était impossible que quelqu'un d'autre que lui ait pu trouver l'endroit où il s'était débarrassé du couteau. Art devait bel et bien faire partie de lui pour avoir été en mesure de le récupérer. La première idée d'Artie avait été de le balancer dans l'un des nombreux plans d'eau des environs, mais il s'était rapidement ravisé. Il ne faisait aucun doute que la police les draguerait et y enverrait des plongeurs, et même si les flics ne trouvaient rien la première fois, ils finiraient par trouver le couteau.

Artie avait dû se montrer particulièrement prudent quant à la façon de s'en défaire. Il avait dû faire preuve de créativité. L'idée l'avait brusquement frappé que personne ne trouverait jamais ce couteau s'il disparaissait corps et biens, et il avait su exactement quoi faire.

À quelques kilomètres du motel il y avait un atelier où l'on découpait, entre autres, des feuilles d'acier inoxydable que l'on envoyait ensuite à différents distributeurs qui fournissaient en matériaux diverses compagnies pétrolières. C'était bien avant qu'Artie n'ait découvert les produits [VU À LA TÉLÉ] qu'il bricolerait par la suite ; il avait toujours été habile de ses mains.

Il connaissait bien l'endroit car, quelques semaines plus tôt, il y avait travaillé plusieurs jours. Parfois, quand des ateliers de fabrication comme celui-ci croulaient sous les commandes, ils embauchaient des intérimaires pour répondre à la demande. Une fois le travail effectué, les intérimaires se retrouvaient au chômage, mais certains de ces coups de bourre duraient plusieurs semaines, voire plusieurs mois.

C'était un bon boulot quand l'occasion se présentait, et un bon salaire pour un jeune homme comme Artie, aussi y travaillait-il de temps à autre. Cela lui permettait également de s'occuper les mains entre deux meurtres, de s'occuper l'esprit pendant qu'il préparait et planifiait l'exécution de sa prochaine victime. L'atelier, qui était un immense hangar métallique de type entrepôt, serait fermé, mais Artie connaissait un moyen d'y entrer.

Il y avait trois hautes portes-fenêtres coulissantes que l'on gardait ouvertes pendant la journée et que l'on fermait de l'intérieur avec une chaîne le soir venu. Artie savait que la chaîne de celle du milieu était plus longue et un peu lâche, ce qui permettait de dégager une ouverture d'une trentaine de centimètres une fois la porte fermée. Artie avait remarqué cette faille dans la sécurité alors qu'il y travaillait, et il s'était demandé s'il lui serait possible de se faufiler par cette ouverture.

La nuit où Artie tua Heather, il découvrit qu'il pouvait bel et bien s'y glisser. Il alluma l'un des bancs de scie dont on se servait pour découper les plus petites feuilles d'acier et poussa lentement le couteau sous la lame, le coupant en deux. Il coupa ensuite en deux chacun de ces deux morceaux, puis renouvela l'opération encore une fois. Il lui fut impossible d'aller plus loin sans se trancher les doigts, mais ce n'était pas nécessaire.

Artie prit les huit morceaux et se dirigea vers une machine située à l'autre bout de l'atelier, dont on se servait pour réduire en copeaux de ferraille les petits fragments d'acier écartés des pièces coupées sur mesure. La machine démarra dans un bourdonnement aigu et hurla d'une voix grinçante tandis qu'Artie y jetait un par un les huit morceaux. Moins d'une minute plus tard, l'arme dont il s'était servi pour tuer Heather et plus d'une dizaine de ses premières victimes était réduite en fins éclats argentés mêlés à un nombre infini d'autres fins éclats argentés similaires.

Ces éclats seraient mélangés le lendemain à d'autres tout aussi identiques juste avant d'être transportés ailleurs pour être fondus. Le couteau existait toujours en théorie, mais en théorie seulement. D'une façon ou d'une autre il avait été reconstitué par son « envie irrépressible de tuer » autoproclamée, et cette « envie » venait de s'en servir pour l'éventrer. Artie croisa les bras sur sa poitrine et son ventre tandis que la douleur déferlait en lentes vagues brûlantes. Il lutta pour ne pas perdre conscience, et de quelque part dans l'obscurité s'éleva un claquement de lèvres humides. L'instant d'après, l'esprit d'Artie sombra, le laissant flotter dans le noir.

28

Le son stridula et réveilla Artie en sursaut, comme si on lui avait jeté un seau d'eau glacée à la tête. Il reprit conscience, désorienté et désemparé, et pendant quelques secondes il fut incapable de savoir où il se trouvait. L'effet de surprise passé, il regarda autour de lui et se rendit compte que l'endroit lui était familier. Il était dans sa chambre.

Qui plus est, il était dans son lit, bien au chaud. Les yeux rivés au plafond, il fit courir ses doigts le long de la couette moelleuse drapée sur sa poitrine. Il avait mal à la tête et ne parvenait pas à rassembler ne serait-ce qu'une seule idée cohérente quand il essaya de s'asseoir. Sa tentative s'arrêta net quand une douleur fulgurante à l'aine lui envoya des décharges électriques dans le ventre et la poitrine jusqu'au cou.

Artie n'avait réussi à se soulever que de quelques centimètres avant de retomber sur le matelas en proie à cette souffrance qui l'avait pris au dépourvu. Il ramena la couette à lui et regarda dessous avant de la retirer complètement pour avoir confirmation de ce qu'il croyait avoir vu.

Une entaille courbe et dentelée remontait de sous son nombril à sa clavicule. Elle était grossièrement recousue avec ce qui ressemblait au gros fil noir avec lequel on répare les tissus d'ameublement. La plaie était rouge et irritée malgré la tentative de rafistolage, et il en suintait une fine sécrétion jaune clair autour des sutures les plus lâches.

À travers l'écran de fumée de la douleur, Artie commença à voir se transformer en souvenirs les objets flous qui meublaient son esprit. Il se rappela sa confrontation avec Art. Il se rappela que c'était avec son ancien couteau qu'il lui avait lacéré la poitrine, et quand son ventre l'élança, il se rappela son élongation de l'aine. Artie resta immobile dans son lit en se remémorant les événements des deux derniers jours, et plus il se souvenait, plus il avait envie de se lever.

Il savait que la douleur serait atroce. Il savait qu'il lui faudrait faire tout son possible pour ne pas perdre conscience, et il savait que s'il n'y parvenait pas, il serait irrémédiablement foutu quand Art reviendrait. Il retira la taie de l'oreiller sur laquelle sa tête était posée, la plia en quatre et l'enroula en la serrant le plus possible. Il plaça ce doux rouleau entre ses dents, le mordit, puis inspira un bon coup.

Sans plus y réfléchir, il se souleva, gagna le côté du lit et se leva. Il avait bougé assez vite pour ne pas laisser à la douleur le temps de s'installer, son plan avait donc fonctionné, mais il se raidit pour encaisser le tsunami qui allait s'ensuivre. La douleur le frappa tout d'un coup, cinglante, et Artie hurla dans la taie d'oreiller, mordant assez fort pour tester l'intégrité du tissu.

Ses jambes se dérobèrent sous lui, et il ne voulut rien d'autre que fermer les yeux et s'écrouler, mais il se força à concentrer sur autre chose, afin de détourner son attention jusqu'à ce qu'il soit en mesure de surmonter le premier assaut de la douleur. Artie vit en imagination un lieu familier qu'il reconnut comme le rayon [VU À LA TÉLÉ] de son magasin Bloomwalls. Les rayonnages regorgeaient de tous nouveaux produits qui l'émerveilleraient, mettraient ses talents à l'épreuve et lui simplifieraient la vie, mais il ne vit pas ce qu'étaient ces produits, et il ne le verrait jamais s'il renonçait maintenant.

Artie ouvrit les yeux, se redressa et s'appuya sur cette vision pour atténuer sa douleur et la rendre à peu près supportable. En allant à la salle de bains, il s'arrêta pour se regarder dans le miroir en pied. La large plaie défigurait le visage qui lui avait coûté tant de soins et d'efforts, mais ce n'était pas le moment de pleurer.

Il réussit tant bien que mal à atteindre la douche, mais sa tentative de se laver se solda par un échec. En touchant sa poitrine l'eau raviva la douleur, et il renonça avant même d'avoir lâché le bouton. Il lui fallut se concentrer plusieurs minutes pour pouvoir sortir de la douche et clopiner jusqu'au lavabo.

Il ouvrit l'armoire à pharmacie et sortit un flacon de Vicodin qu'il avait pris à une victime depuis longtemps oubliée. Une exception de plus à la règle qu'il était content d'avoir instaurée. Artie fit tomber trois pilules blanches et ovales dans sa main qu'il porta sans attendre à sa bouche, puis il les avala d'un trait sans eau. Cela prendrait quelques minutes, mais il savait que ces comprimés lui permettraient de gérer plus facilement la douleur.

Pendant qu'il attendait, il agrippa de part et d'autre le lavabo, se pencha en avant, et se regarda dans le miroir. Pour la première fois, Artie se trouva des ressemblances avec Art. Il n'y avait pas prêté attention plus tôt à cause des proportions du visage enflé d'Art, mais ce n'en était pas moins vrai. Artie le voyait à son menton, à la forme de ses yeux, et même, même si c'était difficile à croire, au contour des lèvres.

La créature qui s'appelait elle-même Art, la créature qui affirmait être une partie d'Artie, la partie qui lui permettait de tuer, était une grotesque caricature amplifiée de lui-même. Artie se regarda dans les yeux et vit que le reflet commençait à onduler sur les côtés, l'informant que les pilules avaient commencé à faire effet. Il repoussa le lavabo, se redressa et s'efforça de ne pas penser à l'écœurante ressemblance qu'il venait de constater.

Il vacilla en se retournant, aussi demeura-t-il immobile quelques secondes pour s'habituer à la façon dont l'opiacé affectait ses mouvements. Il se laissa facilement envelopper par la chaleur engourdissante de la drogue et garda le flacon de pilules à la main en attendant de pouvoir la fourrer dans une poche.

Il regagna sa chambre bien plus facilement qu'il ne l'avait quittée, puis se dirigea vers le coin le plus éloigné où se trouvait une vieille commode défoncée qui lui arrivait à la poitrine. Comparée au reste du mobilier, elle donnait la curieuse impression de n'être pas à sa place dans la maison d'Artie. Elle avait appartenu à son arrière-grand-mère et c'était la première et unique commode qu'il ait jamais possédée. C'était également la seule chose qu'il s'assurait toujours de ne pas oublier derrière lui quand venait le temps de déménager.

Artie tira d'un coup sec l'unique poignée à moitié cassée du deuxième tiroir à partir du haut et écarta plusieurs vieux tee-shirts avant de trouver, enfoui en dessous, ce qu'il cherchait. Il tira un pantalon de jogging jaune pâle et le tint à bout de bras pour l'examiner. Il l'avait porté une seule fois, quand il avait repeint la salle de bains de la maison qu'il habitait pour l'heure. Il y avait encore quelques taches de peinture noire autour des revers sur le côté de la jambe gauche, mais à part ça, il avait l'air comme neuf.

Artie était farouchement opposé au fait de porter un jogging, surtout en public, mais dans le cas présent il lui faudrait faire une exception. Quand les gens sortaient de chez eux vêtus d'un jogging ou d'un short, entre autres « vêtements confortables », il avait l'impression que c'était non seulement un signe de paresse, mais également la preuve qu'ils avaient baissé les bras. Il était convaincu que quiconque se respectait prenait le temps de se rendre présentable avant de se présenter au monde.

Le pantalon était trop grand d'une taille, mais la ceinture élastique le maintenait juste en dessous des hanches, ce qui suffisait à le retenir. Artie laissa tomber le pantalon à terre, se plaça dessus, puis fléchit les genoux lentement pour s'abaisser suffisamment et saisir la ceinture. Comme la plaie prenait naissance juste en dessous du nombril, il était hors de question de se pencher, même si les pilules soulageaient la douleur.

Artie remonta le pantalon aussi vite que le rapport pilules/douleur le lui permettait, prenant brusquement conscience du fil du temps. Depuis qu'il avait repris connaissance, il lui avait fallu quarante-cinq minutes pour faire des choses qui lui en auraient pris dix en temps normal. Désormais le temps lui était compté.

Si la plaie avait été suturée à l'arrache, manifestement rien n'avait été fait pour nettoyer sa blessure, aussi était-il certain que l'infection la gagnait en ce moment même. Artie savait que la simple volonté et le Vicodin ne pouvaient bien longtemps tenir à distance la douleur, et le temps s'écoulait inexorablement. Il fourra le flacon de pilules dans la poche de son jogging, non sans en avoir auparavant avalé une de plus.

Il traversa sa chambre jusqu'à la porte, en marchant normalement sans plus penser à la douleur. Il la laissa fondre en une chaleur réconfortante, irradiant tout son corps à partir de l'aine. Suspendu à un crochet derrière la porte de la chambre, il y avait un sweat à capuche noir zippé qu'il portait uniquement pour passer inaperçu la nuit au cas où l'envie le prenait. Il était plus grand d'une taille que les vêtements qu'il portait habituellement, pour qu'un témoin potentiel ait plus de mal à le décrire précisément. Ce n'était qu'une des petites précautions qu'il prenait et qui faisait qu'il était toujours libre, ou peut-être était-ce une suggestion de la version plus petite et plus laide de lui-même qui hurlait à son subconscient.

Artie enfila le sweat à capuche et le ferma jusqu'au cou. Il eut peur que le dos de la fermeture Éclair contre la peau n'irrite davantage la plaie, mais le contact ne provoqua qu'une sourde vibration. Il sortit dans le couloir, s'arrêta net, et s'adossa au mur. Il prit conscience que le mutant huileux au visage porcin pouvait être tapi dans l'ombre au bout du couloir, attendant d'en finir avec lui ou, pire, de prolonger ses souffrances en jouant encore avec lui.

Du coin de l'œil, Artie vit que la porte de la pièce qu'il surnommait « le plancher d'abattage » était fermée et, sans s'en rendre compte, il se dirigea lentement vers elle en longeant le mur. Cette porte lui rappela comment il avait été amené par erreur à tuer sa voisine. Il l'entrebâilla suffisamment pour apercevoir le corps de Mme Lancaster attaché au brancard, à l'endroit même où il l'avait laissé.

Artie claqua la porte, renonçant à toute discrétion. Il ne savait pas pourquoi il avait regardé, ni ce qu'il s'était attendu à voir. Il avait simplement eu besoin de quelque chose d'autre, de quelque chose qui ne se rapporte pas uniquement à lui, pour savoir que tout cela était bel et bien réel.

Artie serra les dents et poursuivit son chemin, cette réalité toute fraîche l'ayant aiguillonné telle la poussée d'adrénaline dont il avait besoin pour se propulser au mépris de la douleur. Si Art l'attendait tout au bout du couloir, Artie lui arracherait sa grosse tête de ses propres mains. Même s'il en mourait, il y était prêt et le jeu en valait la chandelle. Il traversa le couloir à toute allure et arriva dans le salon, prêt à en découdre.

Le salon était vide. Artie demeura sur le seuil, haletant de colère, et attendit. La pièce semblait telle qu'il l'avait laissée, ou du moins telle qu'il se la rappelait. C'était le matin, mais le ciel noir de nuages plongeait le quartier dans un crépuscule éternel. Les ombres dans la pièce s'étiraient à l'infini, jouant du peu de lumière dont elles disposaient.

Artie s'avança jusqu'à la fenêtre qui donnait sur l'appartement aménagé en garage, sans manifester de surprise devant ce qu'il voyait. La pluie avait transformé le pop-corn en une bouillie blanche et pâteuse qui descendait l'allée et bouchait les caniveaux du quartier.

Il n'y avait toujours pas de porte et le pop-corn en emplissait l'embrasure de bas en haut. Le peu qui continuait de se répandre était transformé en bouillie et descendait l'allée pour alimenter la catastrophe en cours. La même brume blanche et floconneuse envahissait la vitre face à Artie. Alors que la pluie s'était calmée, elle n'avait pas disparu, et Artie se détourna de la fenêtre, luttant contre la chaleur qui lui engourdissait l'esprit pour échafauder un plan.

Il se dirigea vers la cuisine, mais s'arrêta en traversant le petit couloir qui menait à la porte d'entrée. La porte était entrebâillée, mais le plus inquiétant était que tous les nouveaux produits [VU À LA TÉLÉ] qu'il avait achetés le jour où sa vie avait basculé avaient disparu. Il savait qu'il avait des préoccupations plus importantes, mais il n'avait même pas eu l'occasion d'en ouvrir un seul. Sa rage s'exacerba. Il prenait cela comme un véritable camouflet, une insulte.

Artie fonça jusqu'à la porte, la claqua, et se tourna vers la table basse voisine où il posait ses clés. Il y avait bien des clés, mais ce n'étaient pas les siennes, et il s'en empara pour y regarder de plus près. Le porte-clés était de forme ovale, orange, avec le mot « Fiero » gravé dans le plastique. Avec les clés, un rectangle en plastique pendait de l'anneau. C'était une carte de fidélité Bloomwalls, et elle était trempée de sang.

29

Artie se rendit au garage et, comme il l'avait anticipé, sa voiture avait disparu. Il attrapa le flacon de pilules dans la poche droite de son pantalon de jogging, en prit deux de plus et les avala avant de remettre le reste bien au chaud.

De sa poche gauche, il sortit les clés de la Fiero. Il les essuya contre son pantalon tout en appuyant sur l'interrupteur mural pour ouvrir la porte automatique du garage. Il ne s'embarrassa pas d'un parapluie, d'un imperméable ou même d'un poncho et descendit l'allée. Les pantoufles qu'il avait enfilées étaient trempées et la bouillie molle et fangeuse de pop-corn s'y agglutinait, lui arrivant aux chevilles.

Alors qu'il arrivait au bout de l'allée, Artie vit le chaos que le pop-corn mouillé avait semé dans le système de drainage du quartier. Dans la rue, l'eau s'arrêtait juste en dessous des portes de la monstrueuse voiture orange vif. Il se rappela avoir entendu dire quand il était enfant que les Fiero prenaient feu spontanément et, pour une raison quelconque, cela avait rendu cette voiture bien plus attirante à ses yeux. Il n'en avait jamais eu, raison pour laquelle cela semblait parfaitement logique qu'Art en possède une. À présent le seul fait de la voir lui donnait la nausée.

Artie s'avança dans l'eau qui dévalait la rue, surpris par la force du courant. Il se faisait plus fort à mesure que l'eau s'élevait, et elle montait à toute vitesse. Plus Artie s'approchait de la portière et plus il la sentait se faufiler entre ses tibias, aussi tenait-il le trousseau de clés à bout de bras. Il enfonça la clé dans la serrure argentée au moment même où l'eau atteignait le joint de la portière.

Il lutta, se débattant contre l'eau montante qui se précipitait par l'ouverture. Quand il réussit à ouvrir suffisamment la portière, il se glissa à l'intérieur et la ferma tout en se laissant tomber sur le siège conducteur. Ses pieds plongèrent dans plusieurs centimètres d'eau, et il batailla pour trouver les pédales.

Quand son pied rencontra l'embrayage, il l'écrasa tout en tournant la clé sur le côté de la colonne de direction. Le moteur cracha et toussa, mais refusa de démarrer. Sentant que l'eau continuait de monter le long de ses jambes, Artie essaya une nouvelle fois, mais la voiture toussa plus fort, se moquant de lui et de ses tentatives. Hurlant de rage, il tourna la clé une dernière fois. Un nuage noir jaillit du pot d'échappement comme de la cheminée d'une usine de produits chimiques, et le moteur démarra à contrecœur. La voiture couina tel un animal mourant tandis qu'il enclenchait de toutes les forces le levier de vitesse et écrasait l'accélérateur tout en relâchant l'embrayage.

Bien qu'Artie eût le pied au plancher, la Fiero s'éloigna mollement du trottoir, et le moteur toussa, menaçant de s'éteindre à nouveau. Il passa en seconde et, cette fois, appuya lentement sur l'accélérateur tout en conduisant la voiture au milieu de la rue, là où l'eau était moins haute. L'absence de direction assistée conjuguée à la profondeur de l'eau faisait qu'il était presque impossible de tourner le volant, et Artie lutta pour que la voiture se plie à sa volonté.

Il entendit un claquement sec résonner sous son sweat à capuche, puis un élancement irradia sa poitrine. Un des points de suture avait cédé sous l'effort fourni pour tourner le volant et un épais liquide à l'odeur aigre s'échappa, provoquant une sensation de picotement tandis qu'il coulait lentement le long de son ventre pour s'infiltrer dans le bas du sweat-shirt.

Quand Artie se fut dégagé de la partie de la rue où l'eau était la plus profonde, la voiture put enfin prendre de la vitesse et il n'aurait plus besoin de tourner le volant avant le troisième pâté de maisons. Il espéra que le niveau de l'eau aurait baissé le temps d'arriver jusque-là, mais l'inondation était pire qu'il ne l'avait imaginée.

La bouillie de pop-corn bouchait chacun des collecteurs d'eau pluviale devant lesquels il passait et que le ruissellement submergeait, incapable de s'engouffrer dans l'égout en dessous. L'eau avait atteint le haut du trottoir et les vagues engendrées par l'avancée de la Fiero la précipitaient sur les pelouses avoisinantes. Si la pluie ne cessait pas, l'eau se fraierait un chemin jusqu'à l'intérieur des maisons, y compris la sienne, mais Artie ne s'imaginait pas rester ici encore bien longtemps.

Il se rappela qu'il y avait beaucoup de pop-corn, mais il ignorait qu'il s'en était échappé assez du petit appartement aménagé dans le garage pour boucher les caniveaux sur des kilomètres. La rue était complètement inondée jusqu'au principal carrefour où l'eau trouvait enfin un endroit où se déverser. Artie avait tant bien que mal réussi à conduire la Fiero jusque-là, mais quand il tourna à gauche il put constater que le répit serait de courte durée.

Ici les caniveaux n'étaient pas bouchés, mais ils étaient engorgés et refoulaient l'eau, incapables d'en contenir davantage. Le ruissellement excessif en provenance de la rue d'Artie poursuivait son avancée, cherchant un moyen de s'échapper par le sous-sol sans autre choix que de continuer à se déverser jusqu'à trouver un chemin dégagé.

L'eau montait de seconde en seconde, mais elle n'était pas aussi profonde que dans la rue d'Artie, aussi en profita-t-il pour passer à la vitesse supérieure, pied au plancher transformé en mare. Étonnamment, la Fiero avait de la reprise quand elle n'avait pas de l'eau jusqu'au capot. Artie navigua prudemment, grillant les trois stops qui le séparaient du prochain feu rouge.

Il donna un coup de volant pour tourner dans la rue qui le mènerait chez Bloomwalls et, s'il ne se trompait pas, également jusqu'à Art. Artie sentit les sutures sur sa poitrine se tendre tandis que sa chair tailladée se raidissait sous l'effort nécessaire pour tourner le volant. Il se relâcha à mi-virage pour diminuer la tension qui pesait sur les points de suture, leur permettant ainsi de continuer à faire leur boulot.

Tout ce qu'il lui restait à faire était de parcourir un peu plus d'un kilomètre jusqu'à Bloomwalls et de refermer ses mains autour du gros cou moite de son persécuteur. Il se moquait de ce qui pouvait arriver ensuite. Artie pouvait se diviser en deux et tomber en deux morceaux distincts pendant que ses intestins et ses autres organes se répandaient par terre comme de la bouillie humaine donnée aux cochons, peu lui importait.

La pluie se mit à tomber de plus en plus dru au fur et à mesure qu'Artie se rapprochait de Bloomwalls, si bien qu'il aurait tout aussi bien pu conduire sous l'eau tant il ne voyait rien à travers le pare-brise. Il lui fallut deviner où tourner pour s'engager sur le parking, mais il se trompa. L'avant de la Fiero s'affaissa brusquement et la voiture s'immobilisa.

30

La voiture avait heurté le bas du fossé de drainage d'un mètre vingt de profondeur qui longeait la route. Artie avait raté l'allée de près de quatre mètres. À présent la Fiero était inclinée à quarante-cinq degrés, et le moteur était complètement sous l'eau. Artie n'avait pas pensé à attacher sa ceinture avant de partir, plus occupé à faire démarrer la voiture pour échapper à l'eau qui montait rapidement.

Il n'allait pas très vite, mais sous le choc sa poitrine avait heurté le volant, ravivant une douleur à présent trop aiguë pour que les pilules qu'il avait prises puissent l'apaiser. Artie laissa échapper un gémissement angoissé tandis que la douleur l'embrasait de nouveau comme si elle cherchait à se venger d'avoir été étouffée par l'opiacé. Sa vision périphérique s'obscurcit avant de sombrer dans le noir complet.

Artie prit conscience d'une lumière vacillante semblable à celle d'une flamme, mais il fut incapable d'en déterminer l'origine. La lueur se fit plus vive, et ses pieds commencèrent à le brûler. Il n'y avait désormais plus de doute quant à l'origine du feu. Un crépitement se fit entendre, mais il n'était en rien comparable à celui d'un feu de camp. C'était moins un crépitement qu'une série de détonations, et à chaque détonation Artie sentait un bout de chair se détacher de ses jambes, de ses pieds ou de ses genoux, le foudroyant chaque fois d'une douleur sans équivalent.

Un flocon de pop-corn blanc et légèrement beurré sauta au visage d'Artie, et il baissa les yeux pour constater ce qu'il savait déjà. Un feu le dévorait pendant que son corps explosait en pop-corn pré-salé et pré-beurré, grain après grain.

Artie s'obligea à se réveiller, échappant à l'épouvantable vision avant qu'elle n'ait le temps de le consumer. Il savait qu'il n'avait perdu connaissance que quelques secondes parce que l'eau commençait à peine à s'infiltrer par le tableau de bord. Il baissa sa vitre, s'extirpa à moitié sous la pluie battante, et marqua une pause pour agripper la poche où se trouvaient les pilules.

Il arracha le flacon à son jogging mouillé, le secoua, puis d'un geste fluide fit sauter d'une main le couvercle sécurité-enfant. Au bruit, Artie estima qu'il restait trois ou quatre comprimés de Vicodin, et il porta le flacon à ses lèvres avant d'en verser le contenu dans sa bouche. Il avala à sec ce qui ressemblait plutôt à six ou sept pilules qu'à trois ou quatre, sans prendre la peine de rejeter la tête en arrière pour boire une gorgée d'eau. Artie n'était plus en mode survie ; il voulait seulement vivre assez longtemps pour anéantir le monstrueux personnage qui affirmait être l'incarnation de ce qui le faisait tuer.

L'eau du fossé lui arrivait à moins de quinze centimètres de la taille, et il se hissa de la pente herbeuse et glissante sur le parking en tenant son pantalon trop grand et gorgé d'eau d'une main, ses pantoufles égarées en chemin. Une fois sorti du fossé, Artie tira fort sur les cordons de son jogging et les serra étroitement par un double nœud, même si la ceinture approfondissait ainsi la plaie. Le sweat à capuche lui collait à la peau, tiré vers le bas par le poids de l'eau qu'il avait absorbé. Curieusement, cette sensation apaisait le feu dans sa poitrine.

Artie se retourna vers le magasin. N'importe quel autre jour, il aurait pu se rendre chez Bloomwalls en moins de cinq minutes, mais aujourd'hui le court trajet avait été semé d'embûches qui avaient failli lui coûter la vie plus d'une fois. Le ciel derrière le magasin était zébré d'éclairs chargés d'électricité qui se tordaient et s'entrecroisaient tels les doigts noueux d'une vieille sorcière. Talonnant la foudre, un long coup de tonnerre assourdissant tomba du ciel comme s'il chevauchait une cascade de goudron en fusion. Il ne faiblissait pas.

Si ce que l'on disait sur le fait de compter les secondes entre l'éclair et le tonnerre pour savoir à quelle distance se trouvait l'orage était vrai, alors il était juste au-dessus de lui. Artie entreprit de traverser le parking tandis que l'alternance d'éclairs et de coups de tonnerre se poursuivait comme s'ils se livraient à un débat houleux.

Artie n'avait parcouru que la moitié du chemin, mais déjà il voyait à travers la pluie battante que la porte vitrée était maculée de sang. Éparpillées sur le trottoir de part et d'autre de la porte gisaient des boîtes qui avaient été déchirées, leur contenu écrasé et trempé, rendu inutilisable par la colère et les éléments. C'étaient là les vestiges des nouveaux produits [VU À LA TÉLÉ] qu'Artie avait achetés l'avant-veille. Il n'avait jamais eu l'occasion de percer à jour leur magie cachée, de les entendre chuchoter leurs doux secrets à son oreille, et il ne l'aurait plus jamais. Artie remonta son jogging trempé et accéléra le pas.

Art était là.

31

N'importe quel autre jour, cela aurait été le décor d'Halloween le plus réussi que Donna et les autres employés de Bloomwalls aient jamais réalisé. Pas aujourd'hui néanmoins, et Halloween était encore loin. Si ce qu'Artie voyait avait été des accessoires de décoration, le coût en aurait été astronomique, mais le réalisme, le souci du détail, voire la réplique exacte de l'odeur de la mort, aurait valu le moindre centime dépensé.

Artie venait de pénétrer dans une véritable maison de l'horreur. Il y avait tant de sang que c'en était comique et qu'il était difficile d'imaginer que c'en était du vrai. Artie connaissait bien le sang, mais dans ce qu'il voyait il y avait quelque chose de théâtral, quelque chose de sinistre et d'effrayant.

Le bourdonnement des tubes fluorescents au plafond était sensiblement plus fort et, dans tout le magasin, de nombreuses lumières vacillaient. Il se tenait toujours juste après la porte, observant la scène, mais cherchant avant tout Art. Il avança d'un pas et le claquement de son pied nu sur le carrelage souillé résonna également plus fort qu'il n'aurait dû. Artie s'arrêta et comprit pourquoi le bruit des lumières et de ses pas résonnait si fort.

Le magasin était silencieux, mais pas seulement. Il régnait un silence inquiétant comme si une chape de plomb l'avait recouvert pour empêcher le moindre décibel de s'échapper. Ses pas lents et prudents résonnaient telle une canonnade, et s'il restait aux aguets pour éviter de tomber dans une embuscade, il ne faisait qu'apercevoir du sang dans chaque allée qu'il empruntait.

Le premier visage qu'il vit – du moins ce qu'il en restait – fut celui de Donna. Une moitié en avait été salement arrachée, mais l'autre affichait toujours l'apathie caractéristique de la caissière, comme si sa propre mort ne pouvait pas l'émouvoir. Elle était à genoux, sauf que ceux-ci étaient pliés vers l'avant, et que quelque chose derrière son dos la soutenait.

En s'approchant, Artie vit qu'un tiroir-caisse lui avait été enfoncé dans le dos de façon à l'empêcher de tomber. Le tiroir avait pénétré le dos et la plus grande partie du ventre. Il ressortait suffisamment par l'estomac pour qu'Artie puise aisément faire la monnaie d'un dollar, à condition bien sûr de n'être pas dégoûté d'avoir à fouiller le contenu à moitié digéré du petit intestin de Donna.

Artie était certain que ce n'était pas ainsi que le corps de la caissière s'était affaissé après qu'on lui avait asséné le coup fatal. C'était une mise en scène, mais à présent il en connaissait la raison. Le bras gauche de Donna pendait mollement sur son flanc, tenant encore dans la main l'un de ses magazines préférés, comme un clin d'œil à l'unique spectateur qu'était Artie. Son bras droit était tendu et reposait sur une pile de boîtes contenant des chocolats fourrés bon marché que l'on achète généralement au dernier moment pour un anniversaire oublié.

Le doigt de Donna pendait mollement de sa main gonflée, mais pour Artie il ne faisait aucun doute qu'il indiquait la direction qu'il était censé prendre. C'était aussi le seul doigt encore attaché à la main de Donna, les autres, y compris le pouce, ayant selon toute vraisemblance été arrachés avec les dents. L'ironie du majeur de Donna conservé pour indiquer le chemin à suivre n'échappa pas à Artie. Ses pieds nus étaient trempés et teintés de rouge par la flaque de sang qui ne cessait de s'élargir autour d'elle. Les traces cramoisies qu'Artie laissa derrière lui tandis qu'il se dirigeait vers un premier rayon ne faisaient que renforcer l'esthétique digne d'un film d'horreur.

Le rayon était jonché d'essuie tout, de serviettes, et autres articles en papier habituellement soigneusement rangés. Les étagères désormais presque vides du côté droit de l'allée dégoulinaient de rouge comme si elles avaient été peintes négligemment avec un pinceau sursaturé.

À l'autre extrémité du rayon gisait un corps recroquevillé dont la position suggérait qu'on en avait retiré les os. Accrochés aux étagères se balançaient des lambeaux de peau et de muscle, déposés là quand l'homme avait été écorché de droite à gauche et de gauche à droite, à maintes reprises.

Certains des morceaux de peau les plus longs pendaient comme des bandes poisseuses de papier tue-mouche tacheté de poils noirs et drus. D'autres donnaient l'impression que du chewing-gum mâché avait été collé çà et là aux étagères par quelque gamin entêté en pleine rébellion. Ni le sang, ni les lambeaux humains, ni même les fragments de dents brisées sur lesquels il marchait n'affectaient Artie. C'est l'extrême désinvolture avec laquelle ces meurtres avaient été commis qui le dérangeait.

C'étaient des actes d'une brutalité inouïe, perpétrés sans raison apparente. Artie n'était pas un saint, mais il s'efforçait de contrebalancer ses méfaits en se justifiant. Il était un professionnel, ou du moins se considérait-il comme tel, et ce qu'il voyait dans le magasin était l'œuvre d'un amateur, d'un gagne-petit. Le plus déconcertant et quelque peu troublant à ses yeux, c'était que si Art avait tué ces gens et qu'il faisait partie de lui, cette partie qui faisait de lui un tueur, alors pourquoi avait-il fait cela ? Pas les meurtres, mais pourquoi avoir tué avec cette rage barbare et sans retenue, sans préméditation et certainement sans se poser de questions ?

Artie n'avait jamais été aussi insouciant et cynique, même avec ses premières victimes quand il ressentait encore l'angoisse et la rage propres à la jeunesse. Art lui avait expliqué que si lui, Artie, était toujours en liberté c'était uniquement en raison de son influence à lui, Art, ce qui incluait les bonnes habitudes qu'il avait adoptées et améliorées au fil des ans. Pourquoi Art ne faisait-il pas lui aussi preuve de prudence ?

Parce que ce n'est pas nécessaire.

Artie entendit la voix caractéristique d'Art résonner dans sa tête et il se demanda si elle avait été là depuis le début. Et s'il pouvait l'entendre maintenant parce qu'il était à l'écoute. À l'écoute d'Art. Des frissons de peur irradièrent de sa poitrine et entamèrent sa confiance, mais il se reconcentra pour les empêcher de se transformer en véritables vagues de panique. Les pilules l'y aidèrent, là aussi.

Artie se tenait au-dessus du cadavre de l'employé au bout de l'allée. Cette carcasse contorsionnée était un indice supplémentaire qui lui indiquait la « bonne » direction. L'homme était sur le dos, la jambe gauche tendue vers le plafond. Son bras droit avait été tendu, étiré puis attaché à mi-mollet de la jambe, ce qui la maintenait en position.

Quand Artie avait d'abord vu le corps de l'autre bout du rayon, il avait supposé que les os en avaient été retirés pour pouvoir le « disposer » de cette façon. À présent, de près, il constatait qu'il avait eu en partie raison. Les os n'avaient pas été retirés mais pulvérisés en cailloux riches en calcium qui demeuraient à l'intérieur de son enveloppe de viande d'origine. Cela expliquait pourquoi Art avait pu attacher un membre à un autre comme si le cadavre était une figurine *Stretch Armstrong*[5] grandeur nature.

La jambe droite était pliée au genou et ramenée sur la poitrine. La cheville avait été cassée et le pied tourné

---

5. Figurine en caoutchouc remplie de sirop de maïs gélifié que l'on peut étirer, écraser et tordre dans tous les sens, et qui revient à sa taille initiale.

à quatre-vingt-dix degrés. Le bras droit du mort, qui ressemblait également à celui d'une figurine en caoutchouc, était assez comprimé pour que la peau en soit translucide, telle une aile de chauve-souris, et tout aussi veinée et grotesque. Le bras était attaché au pied cassé tourné vers l'arrière où, avec la touche élégante d'un passionné de ballons de baudruche, les doigts désossés façon méduse avaient été tressés puis tordus pour former une flèche qui indiquait à Artie de tourner à gauche dans l'allée centrale.

Artie examina le visage défoncé et grimaçant de l'homme, trouvant une beauté assez fascinante dans la façon dont son corps avait été disposé. Artie ne connaissait pas vraiment les employés de Bloomwalls à part Donna, mais dans le cas contraire il n'aurait pas été en mesure de reconnaître celui-ci. Le visage de l'homme avait été réduit en bouillie, mais s'il avait été seulement écrasé contre le bord du rayonnage, il n'aurait pas pu être autant mutilé.

L'image d'un Art avec des crocs à la place des dents traversa l'esprit d'Artie, et il put se le représenter penché sur sa victime, lui broyant le visage. Les deux grands yeux sans paupière figés dans un regard terrifié étaient les seuls vestiges prouvant que le tas de viande hachée à côté du pied d'Artie avait été le visage d'un être humain.

Artie se pencha et arrangea le gilet Bloomwalls de couleur vert vomi à passepoil orange pour voir le badge nominatif de l'employé. Il s'appelait Karl avec un « K », et selon le titre sous son nom, il était directeur adjoint. Artie se rappelait vaguement qu'une fois un Karl l'avait aidé, et il hésita à l'idée de le tuer avant de décider de s'en abstenir puisqu'il n'en avait pas encore terminé avec une victime toujours enfermée chez lui dans son « plancher d'abattage ».

Artie enjamba la sculpture morbide autrefois connue sous le nom de Karl et tourna à gauche dans l'allée centrale. S'il n'avait pas été défoncé et totalement engourdi, il aurait senti les éclats des dents brisées de Karl glisser sous la plante de ses pieds à chaque pas. Quatre allées plus loin, il aperçut la macabre mise en scène directionnelle suivante lui indiquer de tourner à droite, ce qui le conduirait au rayon [VU À LA TÉLÉ].

Il avança lentement, en partie à cause de sa consommation excessive d'opiacé, mais surtout pour jeter un œil aux rayons qu'il avait entraperçus en chemin. Les pilules commençaient à avoir raison d'Artie, mais il n'avait pas loin à aller et il n'avait pas l'intention de faire durer ce qui allait se passer une fois sur place. À peu près au milieu du rayon suivant, il eut une vue claire et dégagée sur un vagin de bien triste apparence.

La personne à laquelle il appartenait était penchée sur le devant d'un caddie, le visage enfoui dans un tas d'articles ensanglantés, aussi fallut-il quelques secondes à Artie pour savoir de qui il s'agissait. Bon, il ne savait pas vraiment qui c'était, mais il savait qu'il s'agissait de l'une des cheveux-bleus qui rôdaient chaque jour chez Bloomwalls.

Artie avança de quelques pas dans le rayon pour mieux voir et constata que la tête était à l'envers, nuque brisée, ce qui était la cause de la mort. Le pantalon de son survêtement violet avait été baissé sur ses chaussures blanches et passe-partout de vieille dame pour mettre à nu ses organes génitaux décatis et terrifiants. Des poils argentés envahissaient le sexe jusqu'à la raie des fesses, hérissés comme une brosse rotative de lavage de voitures automatique. Les lèvres pendaient d'une dizaine de centimètres, bien plus qu'il n'aurait fallu, et étaient également recouvertes de poils blancs bouclés. Artie songea qu'elles ressemblaient à une paire de favoris attendant qu'un visage ne vienne se placer entre eux.

Il ne passa guère plus de temps à examiner l'intimité poilue de la vieille dame et poursuivit son chemin, craignant que tout à coup sa touffe ne l'agrippe pour l'attirer à l'intérieur du cadavre par son trou sec et mutilé. L'odeur pestilentielle qui s'en échappait était suffisante pour rivaliser avec la mort, et elle se logea dans le nez d'Artie.

Il y avait d'autres cadavres de cheveux-bleus dans les deux rayons suivants, mais les corps n'étaient pas disposés de façon provocatrice ou offensante. Les deux allées abritaient des scènes d'une violence débridée. Dans chacune gisaient plusieurs cadavres de vieilles dames, mais il était impossible d'en savoir le nombre puisqu'ils étaient empilés en deux tas. Du sang s'écoulait encore sous chaque tas, ce qui expliquait la quantité excessive à l'avant du magasin.

Différents articles provenant des étagères alentour s'étaient répandus dans les rayons, créant autant de petits obstacles où le sang avait pu s'amasser sur près de huit centimètres. Si Artie avait eu le temps ou le souhait d'inspecter les tas de cadavres, il aurait trouvé qu'ils avaient été ingénieusement assemblés. Les corps étaient empilés, certes, mais ils avaient tous été disposés de haut en bas, la tête légèrement inclinée vers le sol. Tous avaient eu la nuque brisée et la gorge tranchée, aussi le sang continuerait-il de s'écouler jusqu'à ce que tous ne soient plus que des sacs à viande desséchés.

Artie s'approcha du corps qui lui faisait signe pour pénétrer dans le rayon qu'il connaissait si bien. C'était le cadavre d'un employé qui lui était inconnu, mais le badge qui pendait de son gilet Bloomwalls éclaboussé de sang indiquait qu'il s'appelait Tom, avec le « o » en forme de smiley. Il doutait que cela fasse sourire Tom de se voir réduit à un torse démembré, les bras plantés dans sa cage thoracique, indiquant avec emphase le rayon où le sort d'Artie allait se jouer.

Cette allée provoquait généralement en lui une décharge enivrante de sérotonine avec l'afflux d'endorphines qui l'accompagnait, mais il avait le pressentiment que cette association était sur le point de subir des dommages irréparables. Quoi qui puisse l'attendre dans le rayon [VU À LA TÉLÉ], Artie savait qu'il ne ressentirait rien de tel et qu'il n'y remettrait jamais les pieds, quoi qu'il puisse arriver.

32

Les lumières installées au-dessus de l'allée [VU À LA TÉLÉ] faisaient partie de celles qui vacillaient, et le faible éclairage qu'elles fournissaient n'était d'aucune utilité. Curieusement, il n'y avait pas la moindre goutte de sang dans ce rayon, seule partie du magasin épargnée par le carnage. Artie ne s'était pas attendu à trouver Art assis sur un trône de crânes en train de boire dans un calice le sang de vieilles dames aussitôt après avoir pénétré dans l'allée, mais cela ne l'aurait pas surpris. Ce qu'il y avait d'étrange dans ce rayon, outre le fait que nul meurtre violent n'y ait été perpétré, c'était que toutes les étagères étaient vides. Enfin presque.

Au milieu, le grand espace où les produits qui obsédaient Artie étaient habituellement présentés était désert, à l'exception d'une boîte et d'une seule. Il avança dans l'allée et s'immobilisa, présageant que se produise le « quelque chose » auquel il s'attendait, mais non. Ses oreilles se débouchèrent, et il sentit un léger changement dans la pression de l'air quand il fit un pas vers la boîte.

S'il pouvait voir le célèbre logo [VU À LA TÉLÉ] sur un côté de la boîte, le côté représentant le produit n'était pas dans son champ de vision. Il fit un pas de plus et sentit l'air se densifier, comme pour le repousser. Il prit soudain conscience qu'il n'y avait aucune force invisible œuvrant à le ralentir dans son élan. C'était le Vicodin. L'engourdissement l'avait peut-être préservé de la douleur, mais maintenant que la poussée d'adrénaline qui lui avait permis de rester debout s'était dissipée, sa glande médullosurrénale était exsangue.

Écrasé par un poids invisible, il eut du mal à réprimer l'envie impérieuse de s'allonger dans l'allée, de fermer les yeux et de sombrer dans un sommeil dont il ne se réveillerait jamais. Il trébucha vers l'avant et mit un genou à terre, mû par une volonté trop forte pour se traîner tout du long. Il tendit le bras, saisit l'une des étagères vides et se redressa. L'effort mit le feu à sa poitrine et ralluma la douleur qui, d'abord sourde et tiède, gagna rapidement en intensité.

La douleur batailla ferme pour franchir la barrière d'opiacé, et si les pilules l'avaient empêché de s'évanouir, la souffrance y remédierait. Artie ne comprenait pas ce qu'Art attendait pour le défier ? Il lui réservait certainement un sort plus intéressant que de le laisser s'évanouir et mourir là, mais peut-être pas ? Artie était peut-être mort depuis le début et Art jouait avec lui pour prolonger ses souffrances ? Était-ce bien la peine d'avoir autant lutté pour atteindre un but qui n'avait de fait aucun sens ?

La douleur dans sa poitrine, tout en devenant de plus en plus problématique, perça le brouillard de Vicodin qui lui embuait le cerveau et relança son sentiment d'urgence. Il attrapa la boîte et la fit pivoter vers lui, ignorant la démangeaison qui se réveillait à l'intérieur de son entaille à moitié recousue. Il regarda fixement l'image sur la boîte, ne sachant qu'en penser, tandis qu'un millier de piqûres d'aiguille couraient le long des bords à vif de sa blessure, rendant la démangeaison plus difficile à ignorer.

Dans la partie supérieure, le texte annonçait avec fierté que la boîte contenait le *Dégraissant pour cheveux gras, fer à lisser et machine à pop-corn* qui avait échappé à Artie lors de sa dernière virée shopping. Il tourna et retourna la boîte plusieurs fois comme s'il espérait qu'elle se métamorphose, mais elle resta telle quelle. Artie porta involontairement sa main à sa poitrine pour gratter ce qui donnait l'impression d'être un mille-pattes avec des crochets en guise de pattes qui marchait à reculons sur ses points de suture, mais il se retint avant de toucher la peau, préférant ouvrir son sweat à capuche.

Le poids supplémentaire du sweat mouillé trop grand pour lui permit à Artie de s'en dégager facilement les épaules, ce qui, en exposant sa poitrine à l'air libre, réchauffa la plaie et la fit rougir. Il refusa de regarder, mais il sentit la chaleur rayonner jusqu'à son visage, une chaleur annonciatrice d'infection. Cette chaleur humide serpenta de la plaie qui avait commencé à suinter jusqu'à la taille.

Artie déchira le haut de la boîte, luttant pour glisser les doigts sous le ruban adhésif qui la fermait, jusqu'à ce qu'il s'aperçoive qu'il y avait un pli sur l'un des bords. Il pinça ce pli minuscule entre le pouce et l'index et tira, détachant ainsi le reste de ruban adhésif. Il l'éplucha lentement, sans le vouloir, ce qui ne fit qu'alourdir son angoisse et la tension qui l'enveloppait. Il ouvrit l'un des rabats cartonnés et quelques boules blanches en polystyrène collées en dessous tombèrent sur l'étagère.

Artie arracha l'autre rabat, révélant d'autres boules en polystyrène, sauf que ce n'en était pas : c'étaient des grains de pop-corn d'un jaune poudré. Il s'apprêtait à y plonger la main, mais flancha quand quelque chose lui vrilla l'estomac. Il se mit à saliver comme s'il allait vomir, mais une masse au-dessus du sternum empêchait le contenu de son estomac de passer dans sa gorge.

La masse gonfla rapidement, et quelque chose de tranchant le poignarda en son centre. Il s'éloigna de l'étagère en titubant, convaincu d'avoir déclenché un piège qui, caché dans la boîte, lui avait enfoncé quelque chose de tranchant dans le ventre, mais quand il baissa les yeux, il constata que ce n'était pas le cas. La masse gonflée grossissait dans sa poitrine et les coups de poignard se produisaient juste en dessous, mais ils n'étaient pas dus à un mystérieux sabotage enfoui dans le pop-corn rassis.

Artie avait un couteau planté dans l'estomac, dont le bout pointait vers l'extérieur et la lame grossissait. Il avait été poignardé de l'intérieur.

33

Artie regarda le couteau qui pointait hors de lui s'arrêter un instant avant de recommencer sa progression vers le haut, découpant l'entaille qu'Art lui avait faite un peu plus tôt. Les médiocres sutures cédaient facilement, permettant à son corps d'éliminer toujours plus l'épais liquide vert et jaune. Artie ne pouvait qu'observer, les bras repliés sur la brutale béance de la plaie, les mains légèrement en suspens, les doigts recourbés et paralysés.

La lame poursuivit son ascension, découpant au passage les sutures qu'elle rencontrait. La poitrine d'Artie continua de gonfler et, alors que le couteau rejoignait la masse, une partie de son gros intestin rose et lisse s'échappa par l'ouverture. Tandis que la lame prolongeait son œuvre funeste, d'un clignement des yeux Artie chassa ses larmes pour constater que ce n'étaient pas ses viscères qui émergeaient de la chair meurtrie. C'était une main.

Le couteau arrêta sa course destructrice, mais l'inquiétude d'Artie n'était plus ce qu'elle avait été quelques secondes plus tôt. Les doigts de la main agrippèrent le rideau de chair déchirée et tira pour en élargir l'ouverture, préparant ainsi la suite. Suivit alors un pied rendu glissant par le sang, puis un deuxième avec la jambe dont il était le prolongement, comme si Artie accouchait de pythons visqueux.

Sa poitrine se rompit au niveau du sternum, et ses côtes s'écartèrent de part et d'autre tandis qu'une grosse tête familière se frayait un passage. Artie tomba à la renverse quand Art sortit de lui. Il était nu et gluant d'un cocktail détonnant de fluides corporels. Ses cheveux bouclés lui collaient au crâne et au visage, et dans sa main gauche il tenait le couteau d'Artie.

Artie suffoqua comme si des volutes de fumée s'échappaient en tous sens d'un joint se consumant trop rapidement. Chacune de ses inspirations s'accompagnait d'une impulsion similaire sous son menton, et il s'aperçut que ses poumons à nu se gonflaient et se dégonflaient au rythme de la petite quantité d'air qu'expulsaient ses modestes respirations. L'un d'eux affleurait du côté droit de sa poitrine déchirée, Art l'ayant déplacé lors de sa sortie macabre. L'entaille béait, et il pouvait ainsi voir ses organes, dont la plupart étaient écrasés et lacérés après avoir tant bien que mal livré passage au petit être.

Tout cela n'avait aucun sens, pourtant Artie était évidé comme une poupée russe, mis en pièces et béant au profit du petit gros enfoui en lui. Art se tenait à côté de lui et le dévisageait. Du sang et du mucus dégoulinaient de son corps courtaud, telles des larmes de crocodile aussi épaisses que du tapioca. Un sourire fendait la fange sur son visage, et ses dents jaunes ressortaient comme le fanal d'un phare. Artie eut à la fois froid et chaud, et il se demanda si ses victimes avaient ressenti la même chose en leurs derniers instants. Ce n'était pas vraiment désagréable.

— Tu ne peux pas parler, aussi inutile de poser d'autres questions pitoyables comme « Pourquoi ? ».

La voix d'Art sonnait différemment désormais. En plus d'avoir baissé d'une ou deux octaves depuis sa première rencontre avec Artie à la fenêtre, elle était aussi rocailleuse. Artie prit alors conscience que cette affectation révélait une réelle malveillance qui avait toujours été présente.

— Je te l'ai déjà expliqué autant que possible, poursuivit-il. Au cas où tu ne l'aurais pas compris de la métaphore où je sortais de toi, c'est précisément ce que j'ai fait.

La métaphore ? Cela voulait-il dire que ce que tout ce qu'Artie avait traversé depuis qu'il s'était réveillé la poitrine grossièrement recousue n'était pas nécessaire ? Ce n'était qu'un « adieu va te faire foutre » de celui qui avait eu raison de lui ?

— J'ai une bonne nouvelle néanmoins, dit Art en faisant les cent pas à côté de la carcasse béante qu'Artie était devenu par sa faute. Il s'avère que je n'ai pas besoin de te tuer pour exister indépendamment de toi. C'est pas génial ?

Génial ? Artie éprouvait la sensation que la vie allait le quitter d'une seconde à l'autre, comme des milliers de minuscules capsules de survie fusant du vaisseau spatial en train d'exploser qu'était son enveloppe moribonde. Il était comme mort, et Art essayait seulement de prolonger son angoisse en ce moment fatal.

— Si tu t'inquiètes de… tout ça, dit Art en indiquant l'entaille béante dont il venait de s'extirper comme s'il s'agissait d'une simple écorchure. Bon, je m'en vais réparer tout ça, alors ne t'inquiète pas.

Artie répondit par une toux sanguinolente qui pulvérisa de fines gouttelettes de micro-rubis humides dans l'air alentour.

— J'ai dit que tu ne pouvais pas parler. Art s'interrompit pour regarder de nouveau Artie. Crois-moi. Si tu pouvais voir tes entrailles de là où je suis… Bon, ça n'a plus beaucoup d'importance à présent. Je sais que tu sais que tu es mourant, et que m'en aller pour te laisser mourir paisiblement… aussi paisiblement que possible vu ton état, serait le plus facile pour nous deux, mais la facilité n'est pas drôle. Je veux que cela soit drôle.

Artie perdait connaissance. L'obscurité s'insinuait de toutes parts, réduisant son champ de vision à des trous de la taille d'une épingle. Il entendait toujours Art, même si ses paroles semblaient lointaines et résonnaient comme s'il lui parlait du fond d'une grotte. Il essaya de ne plus l'écouter, de se détendre et de se laisser partir, mais quelque chose l'en empêchait. Quelque chose ne voulait pas le laisser mourir.

— Par drôle, j'entends drôle pour moi, bien sûr, reprit Art, mais la bonne nouvelle pour toi, mon ami, c'est que tu vas vivre. Tu vas vivre et moi aussi, je vais exister indépendamment de toi, ce qui me semble représenter une victoire pour nous deux.

Ce qu'Artie pouvait encore voir malgré son champ de vision rétréci commença à tourbillonner et clignoter tel un stroboscope paresseux. Il lui fallut quelques secondes pour se concentrer suffisamment et voir des yeux près des siens en train de le transpercer. Art s'était agenouillé et penché de façon à ce que son visage soit à quelques centimètres à peine de celui d'Artie.

— Au revoir, Artie, dit Art de la voix aiguë et agaçante qui avait été la sienne lors de leur première rencontre. Je dirais bien que tu vas me manquer, mais on sait tous les deux que ce n'est pas vrai.

Le peu de force qu'il restait à Artie se refléta dans ses iris, qui bougèrent et se concentrèrent sur une paire de lèvres charnues, crevassées et tachées de sang qui se contractèrent d'une manière familière. Sa vision s'effaça, le plongeant dans l'obscurité un moment avant qu'il n'entende le son. Le son répugnant et imbibé de salive qui avait hanté ses rêves pendant si longtemps avait été depuis le début un signal, en compte à rebours en quelque sorte, pour qu'il sache que le temps lui était compté. À présent il comprenait. C'était la façon qu'avait eue Art d'annoncer sa venue et qu'il n'y aurait bientôt plus d'Artie pour ainsi dire. Il n'y aurait plus qu'Art.

Un immense soulagement submergea la conscience d'Artie tandis qu'il laissait avec bonheur ce qu'il présumait être la mort l'emporter. L'alternance de brèves sensations de chaud et de froid avait cessé, et il céda à l'engourdissement. Ce qui suivit ne fut pas une sensation de chute ou d'élévation, ni même une sensation tout court. Il n'y eut tout simplement rien, et Artie n'était plus.

34

Cela commença par un picotement. Au début la sensation fut douce, presque apaisante, puis il y eut une décharge électrique. Tel un cœur qui bat, le choc émit des pulsations avant d'exploser en une lumière bleue et blanche qui dissipa les ténèbres. Comme si Artie revenait à la vie ou, du moins, se régénérait.

Il sentit vibrer chaque parcelle de son corps, l'une après l'autre, tels les différents composants d'un ordinateur repartant après réinitialisation. Quand son cerveau perçut ce picotement, Artie fut en mesure de se rappeler, et dans sa tête défilèrent des images qu'il ne comprit pas. Il vit une goutte de sang sur son sol d'une propreté immaculée. Il vit une pièce remplie de pop-corn, et il se vit tuer sa voisine, mais sans savoir pourquoi.

Il vit Bloomwalls, sa précieuse collection de produits [VU À LA TÉLÉ], puis il vit le visage gras et laid d'une espèce de troll trapu, et tout lui revint en mémoire. Le picotement avait disparu, et Artie retrouva la sensation de son corps et de ses membres. Quelque chose de froid, d'humide et de poisseux était agrippé à sa main droite, et sans se poser la question de savoir s'il en était ou non capable, Artie ouvrit les yeux.

La dernière information qu'il put glaner de sa mémoire retrouvée, mais confuse, fut qu'il se trouvait chez Bloomwalls, éventré de l'aine au cou, allongé sur le dos tel un poisson fraîchement éviscéré jeté dans la cale d'un bateau. Assurément, il n'était plus dans cette position-là. Artie regarda autour de lui, essayant de se repérer, essayant de comprendre où il était et ce qui se passait.

Il scruta les murs de la pièce faiblement éclairée dans laquelle il se trouvait et distingua des gravures encadrées d'un paysage étrange et monotone. Il était encore trop tôt pour qu'il puisse dire ce qu'étaient les taches rouges sur ces images. Il leva sa main droite et découvrit qu'il tenait un couteau ensanglanté.

Son couteau.

Les pièces du puzzle s'assemblèrent, et la prise de conscience de l'endroit où il se trouvait suivit, voilant son esprit d'une ombre noire comme l'encre. Il était dans une chambre de motel, *la* chambre de motel. Artie baissa les yeux, sachant déjà ce qu'il allait voir, mais sans pouvoir s'en empêcher. Devant lui sur le lit gisait le corps d'Heather atrocement mutilé.

Il savait à présent que les taches rouges étaient du sang, et il y en avait partout. Sur les murs, au plafond, sur le lit, bien sûr, et lui-même en était couvert. Il était revenu à l'instant précis où Art lui avait dit qu'il avait commencé à se manifester. Pendant tout ce temps, la prétendue « aide » qu'Art lui avait apportée avait été intéressée et destinée à le rendre plus fort pour pouvoir opérer leur séparation.

À cet instant, une autre pensée lui obscurcit l'esprit. Art l'avait laissé vivre, certes, mais à présent il aurait préféré être mort. Il était incontestable qu'Art ne faisait désormais plus partie d'Artie, puisqu'il sentait le vide que l'envie irrépressible de tuer avait rempli, ce qui signifiait…

La porte de la chambre s'ouvrit avec fracas avant qu'Artie puisse aller au fond de sa pensée, mais il n'en fut pas surpris. Deux policiers armes pointées sur lui se dressaient à l'endroit où s'était trouvée la porte.

— Plus un geste ! hurla l'un d'eux. Lâchez le couteau et mettez les mains sur la… oh mon Dieu.

Le policier s'interrompit en découvrant le cadavre mutilé sur le lit, mais il se reprit aussitôt.

— … les mains sur la tête, nom de Dieu ! Et lâchez le couteau !

Le cliquetis du marteau armé du revolver du policier ponctua la gravité de l'injonction et Artie desserra les doigts, laissant choir le couteau sur le tapis ensanglanté à ses pieds. Il mit ses mains sur sa tête et tomba à genoux pendant qu'en arrière-plan hurlaient les sirènes à l'approche.

Un des policiers était entré, avait menotté Artie dans le dos et l'avait aidé à se relever. Artie embrassa la scène avec un œil nouveau et constata l'atroce état du cadavre de la jeune femme que, supposa-t-il, il avait toujours eu l'intention de tuer. Malgré l'énorme quantité de sang et de viscères répandus dans la chambre, Artie se rendit compte que quelque chose clochait.

D'une main le policier attrapa Artie par les menottes et de l'autre lui enfonça dans le dos le canon de son arme tandis qu'il le poussait vers la porte, mais Artie s'immobilisa un peu avant de sortir.

— Avance, aboya le policier.

— Vous sentez ça ? demanda Artie en humant l'air.

— Sentir quoi ? Le policier le poussa, mais Artie ne bougea pas.

— Du pop-corn, répondit Artie. On dirait du pop-corn.

Remerciement

Un grand merci au jingle de *The Clapper*[6]. Tu as sauvé bien plus de vies que tu ne l'imagines.

6. *The Clapper* (L'applaudisseur) : film de Dito Montiel (2017), dans lequel un « applaudisseur » professionnel devient célèbre du jour au lendemain.

Collection Domaine étranger
www.editionsdu38.com

38 rue d'Alger
31290 Villefranche de Lauragais

contact@editionsdu38.com

La version numérique de ce roman est disponible
sur les principales plateformes de téléchargement.

Imprimé en France
FRHW010332180122
29661FR00008B/102

9 782374 538198